密 涅 瓦 丛 书

M i n e r v a

我藏着我的尾巴，混迹于其他藏着尾巴的人们中间。

我俯下身来，以为会接近我的影子，但我的影子也俯下身来，摆出一副要逃跑的姿势。

喝一肚子凉水就能淹死全部的心里话。

……

西川，诗人、散文和随笔作家、翻译家、文化学者，1985 年毕业于北京大学英文系。系美国艾奥瓦大学国际写作项目荣誉作家（2002）、纽约大学东亚系访问教授（2007）、加拿大维多利亚大学写作系奥赖恩访问艺术家（2009），曾任中央美术学院人文学院教授、校图书馆馆长，现为北京师范大学特聘教授。出版有诗文集《深浅》、诗集《够一梦》、专论《唐诗的读法》、《北宋：山水画乌托邦》、译著《米沃什词典》（合译）、《博尔赫斯谈话录》等约三十部著作。

接　招

西川　著

西苑出版社
XIYUAN PUBLISHING HOUSE
·北京·

密涅瓦趁夜色降临

密涅瓦（Minerva），罗马神话中的第二女神，仅次于天后朱诺，在十二主神中居于第四位，是主司艺术、智慧、月亮、医药、诗歌、泉水、战争的女神，高于爱与美之神维纳斯。她随身携带的符号和道具，是一只象征智慧的猫头鹰。

她对应着希腊神话中的雅典娜，同时还对应着另一位专司记忆、语言和文字的女神——十二提坦之一的摩涅莫绪涅，她是希腊神话在罗马神话中的二合一的变体。其中后者还与天神宙斯幽会，生下了专司文艺与诗歌的缪斯九女神。

让我们来设想一下：密涅瓦，冷静的，充满智慧的，以美貌与理性结合的，具有至高精神力量的，真正懂得并守护艺术与科学的……这样的女神，不就是离诗歌最近的一位吗？

而且有意味的是，她总是在黄昏时分，或者在夜色中降临。

但密涅瓦的象征还不仅仅是泛指，她是诗歌与智慧的结合，是理性与力量的合一。所以她更像是一位当代的诗神，因为当代的诗歌中，确乎凝结了更多“思”的品质与对“言”的自觉，同时也有了更多复杂、暧昧和晦暗的经验气质——正像美国当代著名的文化批评家丹尼尔·贝尔所描述的那样。

丹尼尔·贝尔究竟是怎么描述的呢？他说：

“启示录里，智慧女神密涅瓦的猫头鹰在暮色中飞翔，因为生活的色调变得越来越灰暗。现代主义胜利的启示录里，黎明所展示的光彩不过是频闪电子管不停地旋转。如今的现代文艺不再是严肃艺术家的创作，而是所谓‘文化大众’(culturati) 的公有财产。对后者来说，针对传统观念的震惊（shock）已变成新式的时尚（chic）。”

这段话很复杂，但意思是清晰的。密涅瓦所喜欢和管辖的诗意，在古典时期，是暮色或者黑夜的色调；在现代，则不得不掺杂霓虹灯闪烁的景致。尽管它已被大众趣味与流行文化所感染，带有了消费与时髦的性质，以及对传统的颠覆，但这无疑也是“当代诗意”的一部分。或者说，在当代的文化与诗意之间，我们的女神已意识到——且不得不容许——它们实现了某种混合。

这与之前海德格尔的那些“启示录”式的话语，是何其相似。他曾叩问，在世界之夜降临之时，诗人何为?

显然，在以智慧打底的同时，诗歌在我们的时代具有了更多可能，它是创造与破毁的合一，是严肃与诙谐的混搭，是高雅与凡俗的互悖，是表达与解构的共生。

在技术的、机械复制的、消隐传统的世界之夜中，在大众文化的霓虹灯管的光影中，诗人何为?

本雅明和海德格尔们的药方，似乎稍稍有点过时，但依然令人尊敬。

他们的言说，显然也是“启示录”式的，所以有那么一点点悲情意味。而按照贝尔的观点，现代主义的胜利中，确乎应该包含了某种诗意的妥协。这同样是悲剧性的，但又属不得已。

那么就让我们接受这些现实，承认当下的诗意，它应该具有的——那种混合与暧昧的复杂性。这样，我们就会清晰地知道，在朝向一种逐渐清晰的当代性的道路上，适时和有效的写作，正变得越来越丰富和不确定。这是一个略显诡异的辩证法，但也是一个朴素和确定的小逻辑。

我们希望那些真正有抱负的诗人，会加入其中，他们决心与诗歌的历史作血肉交融的勾兑，同时又清晰地知道，如何以独立的见识，介入当代性诗意的发现与建构中。

显然，当代性的诗意向度，正是为密涅瓦而准备的。它在黄昏时分，冷静而机警地注视着人间，以智者的犀利，看透由历史转至今天的道路与秘密。

这正像瓦雷里所说：“诗人不再是蓬头垢面的狂人”，他们总习惯“在昏热的夜晚拈诗一首”，“而是近乎代数学家的冷静的智者，应努力成为精练的幻想家”。是的，冷静的智者，精练的幻想家，瓦雷里所描画的，正是密涅瓦手上的那只猫头鹰的形象。

是的，猫头鹰！

注意哦，它不再是浪漫主义的夜莺。在它看来，夜莺的歌唱可能太过抒情，它那软弱而盲目的视线，在昏热的夜色中更被大大缩短。而现代主义的黑夜，加上各种斑斓之色与嘈杂之事的搅动，正好适合一直目光如炬的猫头鹰。

瞧，它趁着夜色降临了。

好，来吧，一只，两只，三只……

让我在最后说一点人话：这套“密涅瓦诗丛”，始自我与多位朋友的密谋，开始仅仅是为这好玩的名字而迷醉，后来渐渐想清楚了它的含义，便有了将之变成现实的执拗冲动。只可惜，在最初的谋划中，它的落脚之处突然消失，在历经又一两年的蹉跎之后，才终于找到了“西苑”，这块美妙的落脚之地。

现在，它变成了更为宽阔的名字——“密涅瓦丛书”，也为自己脚下规划出了更大的回旋余地。因为这里是林木葳蕤、生机盎然的“西苑”。

我们在等待着优秀者的加入，他们对于那遥远诗神的召唤心领神会。

来吧，密涅瓦，快趁着夜色降临。

张清华

2021年12月6日，北京清河居

目 录

壹

* 为包含创作手记篇章。

贰

叁

西川 20 世纪 90 年代初手稿

现藏上海图书馆名人手稿馆

壹

无关紧要之歌

苍蝇叫不叫“苍蝇”无关紧要
它的嗡嗡声越来越大无关紧要
它喝了一肚子墨水撒出的尿全是蓝的无关紧要
它决定做一只优秀的苍蝇无关紧要

我们两人鸦雀无声

苍蝇飞走，房间里多了一个人无关紧要
他谈笑风生自得其乐无关紧要
他说他的聪明足以在天上吃得开，然后就走了
他是否成了天上最聪明的人无关紧要

我们两人鸦雀无声

鸦雀无声的还不仅我们两人
还有窗外的电线杆和它移动的影子
电线杆上吊死一只风筝无关紧要
我们绕着电线杆跑了十万八千里无关紧要

2000 年 6 月

墙角之歌 *

我把一只乌鸦逼到墙角
我要它教给我飞行的诀窍
它唱着“大爷饶命”同时卸下翅膀
然后挣脱我，撒开细爪子奔向世俗的大道

我把一个老头逼到墙角
我要他承认我比他还老
他掏出钱包央求“大爷饶命！”
我稍一犹豫，他薅下我的金项链转身就逃

我把一个姑娘逼到墙角
我要她赞美这世界的美好
她哆嗦着解开扣子说“大爷饶命！”
然后把自己变成一只 200 瓦的灯泡将我照耀

我把一头狗熊逼到墙角
我要它一口把我吃掉
它血口一张说“大爷饶命！”
我一掌打死它，并且就着月光把它吃掉

2002 年 6 月，2010 年 2 月

*

我在网上看到，有人说这是首“流氓诗”。这位读者只关注了本诗的第三节。他过分敏感的道德目光妨碍了他理解本诗的逻辑走向：每一诗节都是一个生活的戏剧性折叠。这首四节诗在形式上一方面是简单的——不同的场景，重复的句式；另一方面它又有一种超现实的味道——到最后一节，超现实指向了残酷和不可能。但我试图赋予这残酷以一点点所谓的“诗意”，所以我说“就着月光”。

邻　居*

我的邻居。我从未请他们吃过饭，我从未向他们借过钱。我暗下决心，如果我有女儿，绝不让她嫁给他们之中的任何人，因为他们几乎像我的近亲。

我能肯定他们住在我边上（住得太近，就在隔壁），但我不能肯定他们是一些鸟，一些兔子，还是一些狐狸（就像我不能肯定我自己是个什么东西）。

我们交换过对于物价、天气、中学生校服的看法，但我们从未交换过对于一个过路女孩的印象。我们交换过香烟和传染病，我们将继续交换香烟和传染病。

隔壁女人每经过我的房门，便会朝屋里张望。我关上房门，就能听到她消遣打嗝一如消遣歌唱。

她和她丈夫，在他们的房间里，肯定各占对角线上一个墙角：两人之间保持最大的距离，使家庭秘密保持疏朗的气息。

但我承认，我不关心他们灵魂的问题，或他们有无灵魂的问题。

>>>

邻居是偷听者、窃笑者、道德监督者。我因监督邻居的道德状况偶然高尚，而他们以传递小道消息的方式向我传递时代精神。

时代精神鼓舞老张，把房子租给三个姑娘。三个姑娘化浓妆，三个姑娘肚子疼，三个姑娘白天睡觉，傍晚洗脸，夜晚站在大街上。

时代精神鼓舞小李和小李，男人一和男人二，搂在床上，嬉笑，哭泣，做游戏。

大妈和大婶，像蜜蜂，蜇我的后背，嗡嗡嗡。我回头看见她们笑，她们发我一包耗子药。她们问我："吃了吗？"我说："耗子吃了就行了！"

半夜，耗子们围到我的床边，齐声招呼我："你好，老邻居！"我叫它们全滚蛋。在这个家里我说了算。

我家漏雨，必是所有的邻居家都漏雨；我家断电，必是所有的邻居家都断电。我走在38℃的空气里，所有的邻居也走在38℃的空气里；我在自己的家里脱衣服，仿佛是在所有的邻居家里脱衣服。

墙壁太薄，我听见隔壁一家人在看电视连续剧《空镜子》。我连夜加厚墙壁，垒起一堵新墙，第二天晚上还是听见了《空镜子》的主题曲。

我缩在屋里连续七天不说话，不哼歌，不放屁，隔壁女人推门进来，为的是看看我的生活是否出了问题。

2003 年 10 月

*

许多朋友注意到了我1992年以后诗歌的“散文化倾向”，但没有注意到我行文过程中节奏的变化：“时代精神鼓舞老张，把房子租给三个姑娘。三个姑娘化浓妆，三个姑娘肚子疼，三个姑娘白天睡觉，傍晚洗脸，夜晚站在大街上。”这里，“时代精神”这个词汇导出的是一个钻法律空子的小买卖。反讽出现：荒诞可笑的不道德的生活同时又是认真的生活。这里我的语言节奏较之前面起了变化，而且开始押韵。但押韵不复传统作用，而是让沉重的生活轻盈起来。后面段落继续了这种轻盈。但在轻盈中我又引入了荒诞推理：“我走在38℃的空气里，所有的邻居也走在38℃的空气里；我在自己的家里脱衣服，仿佛是在所有的邻居家里脱衣服。”这是假冒的理性，假冒的智性。仅仅是理性写诗还不够。

一只老鼠来到我家

一只老鼠来到我家。一只。无第二只迹象。它进过屋，有迹象，但我们从未照面。不知其公母，不知其个头，但它一定是灰色的。

其年龄，不详。其经历，不详。它代表偶然还是必然来到我家，不详。它是否将死在我家的墙壁中，不详。

厨房水池的塑料排水管被它啃坏，洗衣机的塑料排水管被它啃坏，塑料啥味？不详。它也曾进入储物柜，啃过度包装的食品盒，但没能啃透。

它早晚会啃到我的脚趾。

老鼠们住进皇宫的情形约亦如此。太监们追打老鼠的情形与森严的国家气象不符。

当初入住此二楼单元房时我根本不曾想过，要与一只会攀岩的老鼠为伍。

我断定，它沿管线通道的孔洞进入储物柜。我布置下鼠贴后它又来过一次，但绕过了鼠贴。小东西谨慎且富有经验。

>>>

更多时，它在厨房窗户上面的墙壁里窸窸窣窣。我看表，午夜十二点，它开始上班，啃咬。它也戴手表吗？不知它啃什么。

啃电线？但屋里灯亮着。它放肆地啃呀啃，仿佛啃着我的神经。

我用竹竿敲打墙壁时，它肯定正在放肆地发胖。它闻声停下，然后再啃，知我不可能为它的自得其乐而拆毁墙壁。

我要跟它一起住多久？它又不爱我凭什么折磨我！

睡还是不睡？老鼠在那里。外面大风寒夜，它有了新窝，却仿佛与我无关。

而整个白天它都安静。出门了？找食物去了？不能指望它会迷路，找不回来；不能指望它会再发现新窝而放弃与我为邻的荣幸。

物业小伙叫来，没招。而居委会居然不供老鼠药！——老鼠药已断供多年：这是社会进步的写照。

我用大声呵斥来证明我的无能。它不回嘴因为听不懂。满嘴脏话这也是我：妈的你活腻味了你！要么滚蛋，要么等着！

但我至今没有等到它。

2019 年 2 月 12 日

蚊子志*

一万只蚊子团结成一只老虎，减少至九千只团结成一只豹子，减少至八千只团结成一只走不动的黑猩猩。而一只蚊子就是一只蚊子。

一只吸血的蚊子，母蚊子，与水蛭、吸血鬼同归一类，还可加上吸血的官僚、地主、资本家。天下生物若按饮食习惯分类，可分为食肉者、食草者和吸血者。

在历史的缝隙间，到处是蚊子。它们见证乃至参与过砍头、车裂、黄河决堤、卖儿卖女，只是二十五史中没有一节述及蚊子。

我们今天撞上的蚊子，其祖先可追溯至女娲的时代。（女娲，美女也，至少《封神演义》中有此一说。女娲性喜蚊子，但《封神演义》中无此一说。）

但一只蚊子的寿限，几乎在一个日出与日落之间，或两个日出与日落之间，因此一只蚊子生平平均可见到四五个人或二三十头猪或一匹马。这意味着蚊子从未建立起有关善恶的观念。

有人不开窗，不开门，害怕进蚊子，他其实是被蚊子所拘禁。有人不得不上街头的厕所，当他被蚊子叮咬，他发现虽奇痒但似乎尚可容忍。

我来到世上的目的之一，便是被蚊子叮咬。它们在我的皮肤上扎进针管，它们在我的影子里相约纳凉，它们在我有毒的呼吸里昏死过去。

深夜，一个躺在床上半睡半醒的人自打耳光。他不是在反省，而是听见了蚊子的嗡嗡声。他的力量用得越大，他打死蚊子的概率越高，听起来他的自责越严厉。

那么蚊子死后变成谁？一个在我面前嗡嗡乱飞的人，他的前世必是一只蚊子。有些小女孩生得过于瘦小，我们通常也称她们为“蚊子”。

保护大自然，就是保护蚊子及其他，其中包括疟疾之神。保护大自然，同时加快清凉油制造业，就是努力将蚊子驱赶出大自然。但事实证明这极其困难。

把蚊子带上飞机，带上火车，带往异国他乡，能够加深我们的思乡之情，增强我们对于大地的认同感。每一次打开行李箱，都会飞出一只蚊子。

蚊子落过和蚊子不曾落过的地方，看上去没有区别，就像小偷摸过和小偷不曾摸过的地方，看上去也没有区别。细察小偷的行迹，放大镜里看见一只死去的蚊子。

2003 年 1 月

*

这首诗曾经把奚密教授逗乐。姜涛教授说只有老北京人才敢这么不着四六地胡扯。很长一段时间，我曾因为自己不会说北京话（通常被当作普通话）以外的任何方言而感到有点自卑，但后来我意识到，北京话其实也是方言。这方言中包含着很多杂质，有其特有的生活覆盖方式，它敢于就天下大事下嘴。外地人以为这是北京人的自以为是。如果这的确是一种“自以为是”，那它也是由北京人的文化、历史、政治处境造成的。其所造成的语言结果既不高人一等，也不低人一等。外地人体验北京话和北京人体验北京话，得出的结论可能有所不同。我并不觉得北京话是一种权力语言，除非它出现在新闻节目里，而我根本不看电视。真正的考验是，你能否深入你的本地语言。

思想练习 *

尼采说“重估一切价值”，那就让我们重估这一把牙刷的价值吧。牙刷也许不是牙刷？或牙刷也许并不仅仅是牙刷？如果我们拒绝重估牙刷的价值，我们就是重估了尼采的价值。

尼采思想，这让我们思想时有点恬不知耻。但难道我们不是在恬不知耻地模仿鸟雀歌唱，恬不知耻地模仿白云沉默？难道我们不是在恬不知耻地恬不知耻？

有时即使我们想不出个所以然，我们也假装思想，就像一只苍蝇从一个字爬到另一个字，假装能够读懂一首诗。许多人假装思想，这说明思想是一件美丽的事。

但秃子不需要梳子，老虎不需要兵器，傻瓜不需要思想。一个无所需要的人几乎是一个圣人，但圣人也需要去数一数铁桥上巨大的铆钉用以消遣。这是圣人与傻瓜的区别。

尼采说一个人必须每天发现二十四条真理才能睡个好觉。但首先，一个人不应该发现那么多真理，以免真理在这世上供大于求；其次，一个人发现那么多真理就别想睡觉。

所以我敢肯定，尼采是一个从未睡过觉的人；即使他睡着了，他也是在梦游。一个梦游者从不会遇上另一个梦游者。尼采从未遇到过上帝，所以他宣告“上帝死了”。

那么尼采遇到过王国维吗？没有。遇到过鲁迅吗？没有。遇到过我这个恬不知耻的人吗？也没有。所以尼采这个人或许并不存在，就像“灵魂”这个词或许并无所指。

思想有如飞翔，而飞翔令人晕眩，这是我有时不愿意思想的原因。思想有如恶习，而恶习让人体会到生活的有滋有味，这是我有时愿意思想的原因。

我要求萝卜、白菜与我一同思想，我要求鸡鸭牛羊与我一同思想。思想是一种欲望，我要求所有的禁欲主义者承认这一点，我也要求所有的纵欲主义者认识到这一点。

那些运动员，运动，运动，直到把自己运动垮了为止。那些看到太多事物的人，只好变成瞎子。为了停止思想，你只好拼命思想。思想到变成一个白痴，也算没有白白托生为一个人。

穷尽一个人，这是尼采的工作。穷尽一个人，就是让他变成超人，就是让他拔掉所有的避雷针，并且把自己像避雷针一样挑在大地之上。

关于思想的原则：一、在闹市上思想是一回事，在溪水边思想是另一回事。二、思想不是填空练习，思想是另起炉灶。三、思想到极致的人，即使他悲观厌世，他也会独自鼓掌大笑。

2004年2月20日

*

在装模作样的胡扯中寻找通向真理之路。我这样做已经很多年了。

反　常

最具视觉功夫的人竟然是个瞎子
如果荷马不是瞎子，那创造了荷马的人必是瞎子

最瘦削的人后来变成了方面大耳
释迦牟尼什么时候胖过，却被塑造成那般模样

最博学淹通的人却要绝圣弃智
庄周偏不告诉我们他如何在家乡勤学苦练，最终疾雷破山

最懂艺术的人只允许自己偶然吟哦
柏拉图背诵着萨福的诗歌，销毁诗人们的户口，在理想国

最不该卿卿我我的人常驻温柔之乡
仓央嘉措每每半夜出门，用一卷情歌烧毁了自己的宝座

最讲究情感的人也有不耐烦的时候
卢梭把他的孩子们统统送进了孤儿院，并且仍然大谈情感

最称道酒神精神的人，尼采，尼采
酒神的最后一个儿子，滴酒不沾，却也在魏玛疯疯
　　癫癫

2004 年 12 月

我藏着我的尾巴 *

我藏着我的尾巴，混迹于其他藏着尾巴的人们中间。

我俯下身来，以为会接近我的影子，但我的影子也俯下身来，摆出一副要逃跑的姿势。

喝一肚子凉水就能淹死全部的心里话。

走着，我摊开手，但我不祈求世间任何东西。但是，啊，有什么东西会自动落入我的掌心？

碎玻璃割破手指，不见蚊子飞来。

我练习双眼，练得像鹰眼一样锐利。终于可以看清一切，内心的无奈便无法逃避。

如果你走得太近，我就用不上望远镜了。我的望远镜专为看你而准备，你应该仅仅待在远方。

街上的花瓣，是否为西施的碎指甲？

我干过的蠢事别人再干，我无法阻止。我自己再干一遍，只是想显示我诡计多端。

既不能站在疯子一边对常人之恶束手无策，也不能站在常人一边对疯子之恶束手无策。

聪明人赶在天黑以前用完一天的理智。

抬头望月，我猛按车铃，同时忍不住像马一样朝月亮喷出响鼻。月亮上真安静。

星期二，吹熄的蜡烛上一缕青烟。

星期三，南方的苍蝇打败了北方的苍蝇。

我用汽车尾气招待聚会的老鼠。它们心满意足，一致同意：世界真该死，而它们不该死。

别吓唬人，去吓唬不是人的人吧，他们需要被吓唬，就像他们需要被讨好。

>>>

我用硬币在你的皮肤上压出图案。

你计算天空的重量。玩一玩，行。你若认真，我就只好把你掐死。

夜晚的游荡者，我们避免相识。

2004 年 11 月

Xi Chuan
Entierro mi cola
Antología poética
Traducción y notas Roberto H. E. Oest y Jia Yongsheng
Prólogo Milagros Salvador
HUERGA & FIERRO editores/ Poesía

马德里 2020 年 6 月出版的
西班牙语版《西川诗选》，
封面为西川自己设计

*

每一次在公众面前朗读这首诗，我都会说明一下：这首诗其实不是诗，而是一些句子。一个句子就是一个诗歌单位。我不知道以前是否有人这样写诗，但我就是这样干了。这首诗的写法也不是一般由一个语言点开始的完整诗歌的写法，它是破碎的，它是不同灵感的拼贴。句子与句子之间的顺序由语气、逻辑、空白的需要等因素决定。

皮肤颂

枕头的褶皱压在皮肤上。小虫子的小爪子在皮肤上留下印迹。拔火罐从皮肤之下拔出血点。有毒的血点。

皮肤。我寂静的表层。我这不曾遭受过酷刑的皮肤，幻想着酷刑，就进入了历史，就长出了寂静的庄稼：我这了无历史感的汗毛。

山水画在皮肤上。地图刺在皮肤上。纳粹的人皮灯罩。乔叟时代英格兰的图书封皮用少女乳房的皮肤制成。

沙发，以牛皮为自己的皮肤，却不具有那死去动物的灵魂。每一次从牛皮沙发上站起，我总是忍不住牛鸣三声。

她的皮肤遇到了花朵：杨玉环。她的皮肤遇到了冰：王昭君。那些我永远无法遇到的皮肤，我只是说说而已。

但当我注目我潜伏着血管的皮肤，我也就看见了你清凉在夏季的皮肤。但我还想看见你的骨头。

无耻的骨头，裹着雅洁的皮肤，遇到什么样的皮肤它就会瞬间变得像骨头一样无耻？只有面颊懂得害羞和尴尬。

放大镜下皮肤的纹理。穿衣镜中皮肤的灰暗。麻子、痦子、疣子、鸡皮疙瘩。皮肤只将命运表达给能够读懂命运的人。

我的皮肤内装着我的疾病、快乐和幽暗。我的幽暗是灯光不能照亮的。

永久的七窍。临时性伤口。疼的皮肤。藏起来的皮肤。长在里面的皮肤。失去神经末梢的皮肤。死人的皮肤。

据说鬼魂没有皮肤也东游西逛。

据说太空人用皮肤来思想。

你用皮肤向我靠近，或者我用皮肤感受你的颤抖。我说不准你是否想要揭下我的皮肤去披到狼或者羊的身上。

2006 年 6 月

小老儿*

小老儿小。小老儿老。小老儿一个小孩一抹脸变成一个老头。小老儿拍手。小老儿伸懒腰。小老儿来到我们中间。小老儿走到东，站一站。小老儿走到西，手搭凉棚望一望。小老儿穿过阴影。小老儿变成阴影。小老儿被砖头绊倒。小老儿变成砖头也绊倒别人。小老儿紧跟一阵小风。小老儿抓住小风的辫子。小老儿跟小风学会打喷嚏。小老儿传染得树木也打喷嚏，石头也打喷嚏。小老儿走进药店。小老儿一边打喷嚏一边砸药店。小老儿欢天喜地。小老儿无所事事。小老儿迷迷糊糊。小老儿得意忘形。小老儿吃不了兜着走。有人不在乎小老儿，小老儿给他颜色看。

小老儿看见谁就戏弄谁。小老儿不分有钱人没钱人。小老儿不分工人、农民、商人、士兵、学生、知识分子，或者无业游民。小老儿打瞪眼的人。小老儿打吐痰的人。小老儿打吃饭时吧唧嘴的人。小老儿打吃饭时吆五喝六的人。小老儿打拉屎不冲水的人。小老儿打不洗手的人。小老儿大打出手，真的大打出手了。小老儿打得气喘吁吁。小老儿打得着急上火。小老儿打别人自己流出了鼻血。小老儿陡生道德感。小老儿的道德反道德，所以小老儿觉得头重脚轻。小老儿病了。小老儿需要休息片刻。小老儿发烧 38.2℃。小老儿听见救护车的怪叫。小老儿住进人民医院。小老儿和男医生女医生打得火热。小老儿装死。小老儿从医院里溜出来。小老儿的病被一阵热风加重。小老儿变成一种病菌。

小老儿是猫变的或者是果子狸变的。小老儿变成小老儿。一个小老儿变成 20 个小老儿。小老儿喜欢凑热闹。小老儿学习认识小老儿。小老儿和小老儿比赛在粪便里游泳。小老儿和小老儿比赛擤鼻涕。小老儿读地图。小老儿发现了广东和内蒙古、山西和河北。小老儿需要 8000 万个小老儿。8000 万个小老儿分赴各地。8000 万个小老儿相互之间靠打喷嚏联络。8000 万个小老儿像流窜犯，抓住两个不流窜的大官、3000 个无处流窜的小官。小老儿和他们一起玩发烧的小鸟，一起被五颜六色的鸟屎滑倒。

小老儿手拿小铁铲，铲走小花和小草，铲走蚂蚁和屎壳郎。小老儿封锁学校，占领学校；封锁村庄，占领村庄。小老儿在道路上挖陷阱。春天来了。小老儿不是小燕子，却觉得自己是春天的同谋。小老儿享受春天的小雨点。春天的小雨点同样洒在贪官污吏的头顶，小老儿偏不觉得自己是贪官污吏的同谋。小老儿和他们对着干。小老儿瞧不上蚊子的小把戏。小老儿瞧不上大肠杆菌的小模样。小老儿腿脚麻利，胳膊有劲，抓得住大熊猫、小熊猫。原来它们是化了装的大狗熊、小狗熊。小老儿隐约觉得自己重任在肩。小老儿怀疑自己在替天行道。其实小老儿是瞎猫碰上死耗子。但小老儿忽然很严肃。小老儿吃不好睡不着。小老儿本来就疯疯癫癫，现在越发疯疯癫癫。

小老儿决定结束无为而治的老传统。小老儿决心不再谨守看热闹的本分。小老儿对小老儿说：应该人人争说小老儿。于是小老儿写酸溜溜的诗。小老儿做客某电视台。小老儿是主人。小老儿是主角。小老儿是主语。小老儿也是自己的谓语和宾语。小老儿有点神秘。嘿嘿嘿。小老儿否认自己叫“小老儿”。小老儿否认自己曾经存在过。小老儿绝口不提自己的身世，为的是让人摸不着头脑。小老儿因此口齿不清。口齿不清并不妨碍小老儿发挥想象力。小老儿给每个人拨电话。小老儿在电话里不出声。小老儿敲每一户的房门。小老儿帮助你认识你也是一个小老儿。小老儿挤到夫妻之间、情人之间。小老儿推开他们，又黏住他们。小老儿知道自己成了谣言的宠儿。

小老儿坏吗？小老儿好吗？小老儿要干什么？小老儿究竟要干什么呢？小老儿自己绑架自己向全世界要赎金。小老儿自己毒自己向全世界要解药。小老儿肩负着向全世界派送小老儿的使命。小老儿背后必有高人指点。但小老儿自己也有点莫名其妙。小老儿高兴。小老儿膨胀。小老儿把卡拉OK重新发明一遍，把乘法口诀重新发明一遍。成了！成了！小老儿像气球一样飘起来。小老儿觉得飘来飘去很浪漫。小老儿轻轻落地。小老儿听见自己落地的声音。

小老儿跟着活人走。活人走成死人还在走。小老儿跟着死人走。死人轻功了得，疾走如飞。小老儿看见了死人。死人看不见小老儿。小老儿终于看见了死人。小老儿不敢看，又想看，又不敢看。小老儿长出头发是为了让头发倒竖。小老儿长出心脏是为了让心脏跳得怦怦怦。小老儿看见了白床单、白枕头、白被罩、白口罩、白色的大门和白色的墙壁。小老儿看见了白色的救护车像死人一样疾走如飞。小老儿以前也看到过。小老儿忘了。小老儿看到了空空荡荡的白。小老儿看得头发晕。小老儿在白色中又看到一个黑点。黑点扩大，小老儿看到了空空荡荡的黑。小老儿知道大事不好。

小老儿看见有人去拜神佛。小老儿看见有人拧走全城的电灯泡。小老儿接到情报：有人冒充小老儿在饭馆里白吃白喝，就像有人冒充高干子弟骗钱骗色。小老儿碰上比他更坏的人。小老儿来了劲儿。小老儿发现了发财的机会。其实小老儿发财也没用。小老儿偷走超市里的面包和方便面。小老儿编造关于小老儿的电视连续剧。小老儿给慌里慌张的人们发奖状。小老儿给姑娘们写情书。但很快小老儿就厌烦了。小老儿发现许多人戴上墨镜，假装看不见小老儿。小老儿不高兴。小老儿对付墨镜，见一个摘一个，或者要求两个戴墨镜的人相互用眼神儿表达他们的爱憎。

人人惧怕小老儿。人们相互猜测对方是不是小老儿，在银行，在饭馆，在火车站，在歌舞厅。人们猜不出个所以然，所以 170 万人排山倒海逃离城市，留下 85 万个空寂的房间。但更多的人将自己反锁在家中，大气不敢出，大话不敢讲。小老儿看到了自己的威力。小老儿对此很自豪，同时对此也很纳闷。小老儿心想：小老儿是个什么东西！小老儿发呆，在空无一人的街头。小老儿歌唱，唱得自己泪流满面。小老儿自己感动了自己，像个文学青年。小老儿痛苦万分，想自己背叛自己。小老儿背叛了自己。小老儿背叛了已背叛的自己。

小老儿并非杀人不见血。小老儿带头吃大蒜、喝板蓝根。小老儿带头阅读加缪的《鼠疫》和马尔克斯的《霍乱时期的爱情》。小老儿为知识分子发明小老儿形而上学和小老儿隐喻。小老儿反对把小老儿变成一个太便宜的话题。小老儿号召人们：“别出门！”小老儿启发被关禁闭的人们反向推导出自己是有罪之人。小老儿让人发愁，让人记住自己是一个人。小老儿让人看到生活以外。小老儿本没有目的但现在觉得自己的目的已达到。小老儿要走了。小老儿舍不得走。小老儿喜欢快刀斩乱麻。但小老儿又黏黏糊糊。

小老儿不出声。小老儿吞了隐身草。小老儿在墙上写大字："立即消灭小老儿！"于是全城的人终于倾巢出动，透过气来，回过神来，全城寻找小老儿，全城逮捕小老儿。小老儿无处可逃。小老儿终于被拿下。小老儿被装进玻璃瓶子，被贴上标签：小老儿A、小老儿B、小老儿C。小老儿被审判。小老儿没有道德之罪但被强加了道德之罪。小老儿被关进小黑屋。小老儿在小黑屋里照镜子。小老儿看到镜子里除了黑什么都没有。小老儿有点害怕。时候到了，小老儿被枪毙。但小老儿打不死。小老儿又站起来。小老儿又变大又变小。小老儿烦了。小老儿自己掐自己的脖子。小老儿自己揪自己的头发。小老儿头发太多揪不完。小老儿揪完头发又长出头发。

小老儿闹腾一场。小老儿钻进鸽子棚。小老儿钻进下水道。小老儿没有碰到其他小老儿。小老儿回到自己的小地盘。小老儿忽然发现世界上只剩下了小老儿。小老儿被寂静塞住了耳朵。小老儿看见星期二的夜晚比星期一的更黑些。小老儿发现每一朵云彩上都坐着一个小老儿。小老儿恍然大悟：有瘟疫的蓝天比没有瘟疫的蓝天更蓝些。小老儿爱上了小痰盂、小鼻涕、小眼泪、小痱子。小老儿变得有思想。

小老儿变得煞有介事。小老儿思量东山再起。但这一会儿小老儿不吃不喝。小老儿面黄肌瘦。小老儿长叹一声，一座大楼应声倒塌。小老儿大笑一声，一只小鸟肝胆俱裂。又来了！又来了！

2004年7月

*

《小老儿》的写作灵感来自2003年SARS病毒在中国的传播。在我的经验中，SARS病毒是一种崭新的东西：它的来源、它的快速和大面积的传播（不是一生二、二生三，而是一生万、万生亿）、它所带来的社会恐慌、它所掀开的政治盖子，以及它对普通人生活方式的改变，都要求我写出与之相称的作品。常见的写法是使用旧手段表现SARS时期的人生百态和内心情感，但这无法满足我对诗歌创造性的需要。我需要直接从生活、历史事件中获得语言与诗歌形式。我无法否认自己受到了新灾难、新政治、新伦理的挑战。敬文东批评过《小老儿》语式单调，向着“与诗无关”前进，他似乎掌握着一大堆诗歌的定义，而且都是现有的、给定的。他大概认为“叹息”才是诗歌的核心。但我对此不感兴趣。我在诗歌写作中是一个盲目的人，走到哪儿算哪儿，以为只有这样才能给将来的盲目者开拓出可能性。我故意使用了一种最低限度的句式：主语、谓语、宾语、状语。全是短句子。我让同样的句式一再重复，好像病毒的繁殖。我让单调和奇观并存，最终形成这么一个“四不像”，但它是崭新的写作、与 SARS 以及时代生活相对称的写作。所有在语言、风格上的崭新写作都是“四不像”，都会重新定义“诗”这个字。

一条迟写了二十二年的新闻报道 *

某省某县，我到过那里。二十二年前。

该地男人百分之八十讨生活于地下。

他们乘缆车下矿井，咣咣当当，下到两百米深处，然后乘翻斗车沿巷道来到掌子面上。

他们黑色的雨靴踏着黑色的积水，头上的灯柱戳进黑暗。

地球内部，这里。滴水的声音。钢铁机器运转的声音。矿工大声说话的声音。

而地球像个聋子。

也许巷道继续掘进，就能挖到阎王殿。

而阎王殿里据说灯火通明。

那时我一记者，随一老记者去报道这金矿的庆典：

开矿三十周年了。

彩旗、气球、巨幅标语。庆典全是老一套。啊啊，庆典全是老一套。

上级领导肯定他们的工作，驾轻就熟。——等待鼓掌。

银矿铜矿的准同行们献上祝贺，照本宣科。——等待鼓掌。

模范职工够模范，但先进事迹太先进；职工们胸前挂红花，自己给自己乐一乐。

>>>

我和我同事享受官员待遇，写报道，住宾馆，宾馆
谦称“招待所”。

那时我年轻，对老同事言听计从。
我们题目一起想，内容一起规划，然后我写报道他
歇着，风格认准夸张，语文水平用到初二。
老同事满意我的工作，就进一步关心起我的生活。
他直截了当地教诲我：“将来要娶个好老婆。”
他说幸福的生活必须有幸福的性生活做基础；“回
去以后欢迎你到我家去做客。”
他是老记者，显摆显摆没什么。
他无所不知，显摆显摆，天地就为之开阔。
后来我整夜想象何谓幸福的性生活。

他说地下没阳光啊——自己人的废话！
他说矿工们收工后必须到紫外线灯光下坐一坐，但
还是有人就……那样了
（但哪儿没有人那样呢？）
所以他们的老婆——老记者很神秘——有的就在地
面上当了“破鞋”。

那时我年轻，有劲儿，读不进圣贤书，喜欢整个世界偏着黄色，
我以为“浪漫”的，其实是人性中预备好的；我以为“浪漫”的，其实酸甜苦辣一样不缺。
但我从未想过要将此事写成新闻报道。
我谨守新闻纪律。
或者说我根本不懂人生。
他说的事当然只属谈资，唏嘘一声就好，就好，
尽管满足了我对街头娘们儿的色情想象，但那当然微不足道；

只有正经大事才重要。

但不知何故我牢记住此事直到今天。
老去或死去的矿工们不知道，我当年知道点儿他们的私生活。
他们在巷道里掘进，黑脸，大块肌肉，肺里吸满金色的粉尘，领回人民币自己的钱。
休息时他们传递脸盆里的啤酒，灌下去，好像喝完啤酒就要轮到他们背诵壮语豪言。
北京什刹海边上那些喝啤酒的小子们，没有一个比他们更豪迈。

>>>

但我知道，他们中间有人那样了，
他们的老婆在地面上也许比他们更豪迈。

我现在有了把年龄，早不是记者，
但回想起这事，才看出其中的苦涩，以及它的意味
深长，对我所理解的生活。
对不起，我知道了，将此事写出来并非浪费笔墨。
而且，对不起，我的笔墨直到今天才允许我写出这
件事，二十二年前听来的。

2007年3月12日，纽约

*

一位年轻朋友曾给我发短信，说他与几个朋友一起读诗，但这首诗他读着读着就已经泪流满面。他是读进去了，读懂了。当这个人写诗爱那个人，那个人写诗爱这个人时，我写到了工人们的“阳痿”。太沉重的一个真话题。

另：中国古诗本不分行。分行是西来的做法。而西来的分行有时会回行。在我早年的写作中，我使用回行的方式。但本诗句子长长短短，每一诗行就是一个句意单位，其中的长句子也不再回行。长句子的长度有些过分，这是受到了电脑 A4 纸页面形式的鼓励。记得早年写作，我的诗歌形式感也会受到方格稿纸的暗示。方格稿纸基本每行 20 字。当然我现在写长句子也有我的形式考虑。只不过书籍的页面宽度不同于 A4 纸的页面宽度，这是我的小麻烦。

书于汶川大地震后一个月

不知道如何面对这么多人同时死去。
不知道地质学语言能否在瞬间获得道德语言的力量。
语言变得简单，
打击如此直接。

既无力安慰他人，
也无力安慰自己。
错愕。盯住报纸上的图片。连片倒塌的房屋和孤零零的树。
街道从此为死者而宽阔。下雨了。

不知道是否可以哭一会儿，
好受一点儿，
再哭一会儿，
再好受一点儿。不知道实话是否可以说出口；

还是闷着，憋着，忍着，
对死亡敬畏着。
不知道在悲痛之后能否喝上一小口。
不知道钱捐得够不够。

此刻的贪污犯都该死。
此刻的抒情都该拒绝。
但是连山岭和山岭都变得素不相识。
歪瓜裂枣当可以原谅。

躲在人群中缩小自己。不知道是否该敞开家门：
你们来吃吧，住吧，用吧，拿吧。
让出自己的人，
不知道是否该把自己变成一个小政府或一个临时民政部。

停步，老去。下雨了。
什么都不写。写了也白搭。
诗歌不应趁他人的死难而复活。
蚊子叮人，像往常一样说不上快乐。

雨水布置下寂静的夜晚，
我睡，睡不着。
诗歌需要几片树叶、一阵小凉风和一颗白月亮。
下巴上长出胡子茬。内心的温柔向着陌生的死者。

2008年6月21日

*

我反对一次又一次铺天盖地的灾难诗！别人死去，你写诗，还立即拿出去发表，还公开朗诵，还以此出名，这违反最低限度的写作伦理。但是，灾难不应该被一次又一次地忘记。将心思记录下来，是为了铭记，也是为了对死难者永久悼念。不发表，或迟点发表，没什么。我们浪费的历史经验太多了。真可惜。

访北岛于美国伊利诺伊州伯洛伊特小镇 *

一千吨乌云
像大草原上散开的蒙古骑兵呼啦移过伯洛伊特上空

一千吨乌云分出十吨乌云
砸向伯洛伊特像蒙古骑兵搂草打兔子绝不放过哪怕
　　衰败不堪的小镇

翻开落叶，是溺死的昆虫
走进空屋，会撞见湿漉漉的鬼魂颤抖个不停

小汽车抵达小旅馆
小旅馆的吸烟房间里烟味淤积不散即使打开屋门

这吸烟的过客一天要吸三包烟吗？其忧郁和破罐子
　　破摔的程度可以想见
而本地人忧郁更甚

眼见得镇子上的一半橱窗空空如也
却绝不动起吸烟的念头，这真对得起停车场上寂寞
　　飘扬的美国国旗

>>>

这是三岔路口上的伯洛伊特
只有两三个人在银行的台阶上低声交谈

只有一个人在借来的白房子里
用菜刀剖开紫茄子，相信烧一手好菜就能交到朋友

黄昏过后是夜晚
夜晚过后是只能如此、只好如此的流亡者的秋天

秋天将树叶一把揪走
只有一个人为此而心寒，瑟缩为一个原子

并且伸手捂住他桌上的纸页
仿佛天际一阵大风越过了地平线来到面前

2002 年 9 月，2009 年 8 月

*

1992年写作《致敬》之后，我的诗开始容纳杂质，并且是大规模地容纳，相应地，我开始写一种被陈超称作“杂体诗”的东西。我自己管这种“杂体诗”叫“诗文”，我还为此发明了一个英文词——poessay，是由poem（诗）和essay（随笔）拼合而成。我的“诗文”不同于一般意义上的“散文诗”，尽管宽泛地说这也是散文诗。但即使是现代汉语诗歌圈的人也有些不明白我在干什么。他们就给我戴了个“散文化”的帽子。而我自己索性顺坡下驴，管自己写的东西叫“文本”。我在国内遇到的“文体”认同的阻力远大于我在国外遇到的阻力。我于此感受到国内诗歌在语言、形式、趣味、写作观念上的保守状况。1992年以来，诗文写作在我的整个创作类写作中耗去了我不少精力，但每隔一段时间，我也会重返纯粹诗歌的写作，《访北岛于美国伊利诺伊州伯洛伊特小镇》就是这样的作品。我这样做，一则自己换换气；二则自我证明一下一般诗歌的写法我并非不会。

撞死在挡风玻璃上的蝴蝶 *

我把车子开上高速公路，就是开始了一场对蝴蝶的屠杀；或者蝴蝶看到我高速驶来，就决定发动一场自杀飞行。它们撞死在挡风玻璃上。它们偏偏撞死在我的挡风玻璃上。一只只死去，变成水滴，变成雨刷刮不去的黄色斑迹。我只好停车，一半为了哀悼，一半为了拖延欠债还钱的时刻。但立刻来了警察，查验我的证件，向我开出罚单，命令我立刻上路，不得在高速公路上停车。立刻便有更多的蝴蝶撞死在我的挡风玻璃上。

（选自组诗《出行日记》）
约 2004 年

*

欧阳江河在读到这首诗时联想到庄子和他的蝴蝶。他认为我是将庄子和蝴蝶置于当代语境。对我来说，这首诗表达的是被迫的、莫名其妙的、无法停下的犯罪，而且犯罪主体是我。这是一首现代政治之诗、现代社会之诗、现代科技之诗。蝴蝶们不幸生活在了我的时代。在这首诗中，我与卡夫卡合体。

三次走在通向卡德波罗海湾的同一条路上

第一次

出门向右，遇路向左，上大路右行。经过松树、柏树、枫树、杨树，一路下坡，看见了海湾。经过拉着窗帘的白房子——要是中国的乡村建筑也开始讲究色彩搭配；经过门前停着一部除草机的灰房子——要是中国的乡村建筑周围也开始讲究园艺。向前走，右边一家为退休老人服务的诊所，没有就诊的人；左边一条岔路，不知通向何方，再向前，一排商店卖本地产的水果、蔬菜，还有国际标准化的文具、药品、汽车配件；它的西端一家星巴克，常常是没有人的。经过一个公共厕所，男厕和女厕两门并立，到停车场，先看见狗，又看见海鸥和乌鸦，再向前，就是几百万年来天天如此的大海。

第二次

疾走于公路旁的辅路，一头雄鹿从树林里窜出，在距我七步远的地方横越过辅路和公路，窜到公路的另一侧，站在草地上回望我。公路上车辆稀少，但仍有车辆驶过。这头雄鹿在公路的另一侧回望我。我停下脚步。时间在下午 5 点左右。秋天正从树枝上挥下生长了近7个月的树叶。草地依然绿色，但树木呈七种色彩。印象主义的凉意。那头头上生角的雄鹿，没有同伴。它的生活基本隐蔽。它或许曾在林叶中注视过我。于是决心让我也看见它。我看见了它，但不会它的语言，只能分享其沉默约5分钟。当我继续走路，我意识到，我所知的自然中包括进了这头雄鹿。一种感激之情油然而生。

第三次

沿路走下这高坡。回头看，没有车辆，也没有人。继续走，忽然没来由地觉得身后，自那高坡上，云雾滚滚而来，猪群滚滚而来，人群滚滚而来。不再回头了。前面是海湾。我知道10月的风正跟随着我，自那高坡上，天空滚滚而来。听见了乌鸦的叫声，在前方。而我身后……理想主义的艳遇和争吵滚滚而来，虚无主义的破罐子破摔滚滚而来。我慢慢走，不回头，不让他们看见我难过的样子。我慢慢走，他们就跟着我，我就是走在最前头的人。身后哭声骂声笑声歌声混成大时代之声。已经看见海湾了，可以停步了，转过身来。一个人也没有。

2009年9月29日，维多利亚

连阴雨 *

不是长头发——是长毛——是石头上长毛 是面包上
长毛
是连阴雨
是连阴雨让 衣服长毛 心灵长毛——这是衰朽的内
驱力
让木头长出蘑菇 让口腔长出溃疡——同一种力量

让爱长毛——爱 不是需要毛吗?
让抒情长毛——这才能显现出不长毛的抒情——中
老年的抒情

长毛就是长醭——我妈说 就是发霉——我爸说
长毛在瓦片上 在夜晚 11 点以后的街道上
钟表的滴答声——
雨说话的哑嗓子——
长出犯罪者 徘徊者 犹豫不决者——这是连阴雨的
效果

淋湿的女人——

80 天的连阴雨——还不算长久
80 天的连阴雨覆盖 30 万平方公里的土地和大海还不算广大

淋湿的女人孤独而可怜——

是连阴雨 让鞋子进水 湿了袜子——脚冰凉
然后水推进人的身体里
从下往上 顶到大脑——那里一片汪洋
连阴雨下在汪洋大海之上——货船驶向亚洲——雨下在日本的庭院里

有人老去 在中国——
雨下在远离岸边的工厂里 下在乡下
厨房的屋檐上 水滴滴个不停——饭菜备好 在不好不坏的年头

在不好不坏的年头产生不好不坏的念头——
有人死去
运气不好的人 不甘心 遂移居到城里——半个人不认识

穷人和富人 长一样的毛

>>>

但富人并不担心——可以扔掉长毛的东西——不包
　　括他们自己
好经济和坏经济 长一样的毛
但好经济知道 怎样做长毛的生意——

能够避开连阴雨的事物 避不开长毛
愤愤不平者的诅咒——

内在的生活膨胀——
海鸥和乌鸦 个头巨大——
小超市里的黄瓜个头巨大——这是连阴雨的缘故吗?

门轴膨胀——开门的声音——狗乱叫
狗乱叫的内驱力 也就是楼上脚步声的内驱力
也就是衰朽的内驱力——朝向死亡的内驱力
表现在连阴雨之中 就是长毛

就是秃顶的人不长头发而长毛——这也就是新生
发霉然后新生——
在雨中——

这是连阴雨的力量，看吧——

2009年10月19日，维多利亚

*

我一直认为这是我写出的最好的诗之一。但读者们从未关注到它。这首诗的表达——中断的话语和不断继起的念头——就像连阴雨的雨点没完没了。我大量使用破折号，就是因为念头需要念头来补充，来延续，断断续续地延续。这是一首广阔的诗，从文字到表意，空间感很大。在我自己的写作中，这首诗在形式上的重要性相当于我早年的作品《十二只天鹅》。写出《十二只天鹅》后，我对我早年的古典写法有了一定的自信，觉得可以不必再写那类诗了：我是越过了唯美的门槛。《连阴雨》是我越过的另一个门槛，我因此而更加向往写作的自由度，从而进一步打开我写作的开合度。这是我的触及生存的抒情诗，但又不是要掀起波澜的诗，它是自言自语，是内向、隐忍、说了等于白说的诗。

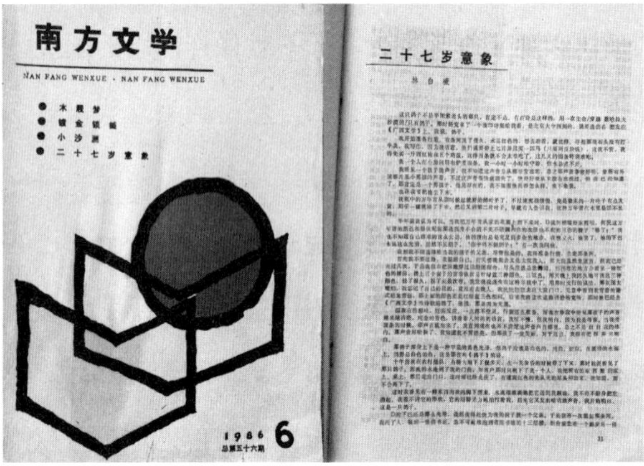

1986年《南方文学》杂志发表林白（那时叫林白薇）以西川在《广西文学》第一次发表诗歌《鸽子》为题材所作的短篇小说《二十七岁意象》

麻　烦 *

空调需要加氟了，旧了。
需要加氟的空调更加敌视看不见的大气了。
大气中的核放射物质像抢购碘盐的人拉也拉不住了。
愚蠢一旦变成时尚就拦也拦不住了。——哎，慌张
　　的人总是可怜的。
黄河流域出现长江流域的气候了。乱了。
伏在北方原本干裂的木桌上可以写杏花春雨的诗
　　篇了。
霍金，那个伦敦的外星人，用金属声预言地球坚持
　　不了 200 年了。
可我居住的城市还装嫩呢，楼房还在长个呢。祝它
　　们坚持发育 1000 年。
我原本居住在市中心，搬出来就搬不回去了。市中
　　心全建成酒店了。
临时生活或极昂贵或极便宜。但愿地震也是道德的，
　　别震穷人的房子。
穷人和富人互不需要的小资趣味现在殊途同归了。
西方和东方的浪漫相互需要，也殊途同归了。我要
　　去拉萨那最高的人间呢。
可是现实一点儿吧，请现实一点儿，——我 60 年代
　　的牙又需要补了。

>>>

到了坏牙的年龄我爱上诸子百家这老人的学问和春秋战国的星空了。

我知道死人也不是安静的，但两千多年前的死人好一些。

他们不操心煤气灶两个炉孔坏掉一个这类事。——我叫的维修工还没来呢。

我的水管漏了，虽不严重但地板已经拱起，仿佛在闹鬼。

我的房顶被楼上那个热爱钻探的家伙给钻穿了，他也不道歉。

他越来越大胆地活成一个不会道歉的人了，——鬼都怕他。

他以为可以装修出一个世界。祝贺他抢占了一个与时俱进的崭新的自我。

我房顶上的灯泡还亮着，——有电。百度比Google更有电。

不明白李耳为什么变成右派了，而左派为什么靠近孔丘了。

感觉左也不是右也不是,你就自我证明是个中国人了。

站在三岔路口上不知何去何从，杨子就哭了，而我撒了泡中国尿，确认自己是中国人。

不论你抬头看没看见月亮只要你能背诵“床前明月光”你就是中国人了。

你想站在西方的月亮下大声背诵《独立宣言》你也逃不脱做中国人了。

仅中国和西方还搭不成世界，我告诉你，还有身毒和大月氏。

拜观音，拜太上老君，烧香如放火，你除了是中国人还能是谁呢？

你内佛外道或者外佛内道，四大皆空却依然我执，你除了是中国人还能是谁呢？

拜上帝的洪秀全把自己拜成了耶稣的弟弟，是中国人都明白这是咋回事。

复杂吗？想想。但你从不想何谓中国人你乃是真正的中国人。

中国人对付中国人：里通外国罚款 200，乱闯红灯也罚款 200，大概是这样。

听江上一声大雁，只有中国人为憋不出诗句而着急，大概是这样。

喝茶与喝咖啡，口味不同而已，但都需好山环列，好水过眼前。

偷税漏税盖豪宅于山水之间，骂贪官于山水之间，不亦快哉！

>>>

摸着石头过河可河水太深了。——智者乐水。
河上的船漏了，船上的修补派和凿沉派两拨人打起来了。
凿沉派骂修补派不是好鹦鹉因为他们学舌还不承认。
修补派回应你们才是鹦鹉因为你们真正在学舌。
河上的船漏了，岸上看热闹的人起哄了，如在唐朝在宋朝。
人一起哄就变得年轻了，不管三七二十一了。
新闻走在事实前头是好作家和坏记者的共同梦想。
而在摄影机前一本正经是阴谋家的常态。
常态，我要说的正是常态，如政治问题总被道德化。
而今道德问题又被男女关系化了。
而男女关系成了贪官们最津津乐道的话题了。
谁浪漫也不如贪官们更浪漫。
但不男不女已在青年人中时髦好几年了。
一转眼我儿子就要上初中了。
儿子的数学题我已经不会做了。
我要喝杯冰水，忽然想到
该换个大号冰箱了。

2010年10月，2011年3月，2017年4月

*

一首膨胀但膨胀得还不够的诗。今古相遇、中外相遇、正负相遇、生活与历史与政治与科技相遇。一般我只在长诗里才这样干。

我故意把这首诗写成了一个想蹦蹦跳跳又无法自如地蹦蹦跳跳的胖子。

另：这虽然是一首膨胀的诗，有人甚至会认为它是一首臃肿的诗，但其实我的行文是有节奏的。我的语感被“了”这个字带出来。

很多人讲究诗歌语言的精简（古人炼字），但其实口若悬河也是一些诗人的本事。屈原、李白、韩愈、莎士比亚、乔伊斯、品钦，都是口若悬河的诗人和作家。

不要剥夺我的复杂性

既不要从右边剥夺我，也不要从左边剥夺我；既不要为我好而剥夺我，也不要为我更好而剥夺我。

剥夺我我就叫疼而这还是好的。

如果你剥夺一朵花的复杂性它就死掉；如果你剥夺一座坟墓的复杂性比如抽走一块墓砖，它就给你垮掉，将你捂死在别人的墓穴。

我看似简单但我其实复杂，像蚊子一样比深蓝计算机更复杂。

大象明白这个道理，从不否认蚊子的复杂性，所以它对钻进耳朵讲下流故事的蚊子毫无办法。

下流的蚊子像知识分子一样复杂，所以保持着知识分子那或真或假的独立立场，这本身已足够复杂。

虽然蚊子寿命短暂但它依然是大自然的一部分——你请消灭蚊子试试看。你敢否认大自然的尊严那也请试试看。

大自然通过保持复杂性而保持尊严——我也一样。

所以别拔我的羽毛，别改我的日历，别撕我的日记本。

我生在革命的1963年。不要把我剥夺成一个只会说NO的傻瓜。我曾在1980年代死里逃生。不要把我剥夺成一个不会说NO的傻瓜。

也不要把我剥夺成一个英雄。

也不要以为英雄总是站在剥夺者一边或剥夺者的对立面；也不要以为英雄不复杂，就像凡夫俗子并非不复杂。

当你想要一个真实我给你一个虚构；当你想自我虚拟我用一把钉子钉住你的双脚在大地上。

我在1992年变成五个我：苦涩的我、怀疑的我、不确定的我、笑出声来的我，以及行舟于汹涌冷酷的历史之河的我。

>>>

所以在 2011 年我认定将世界区分为黑白两道的人缺心眼。

连黑白照相机都能容纳灰色，更别说擅于分辨浩荡秋天十万种色彩的我。

公鸡不打鸣时我打鸣。

不要把我剥夺成一只公鸡；更不要以为你剥夺了我就剥夺了公鸡的复杂性。为了保持公鸡的复杂性请不要剥夺我的复杂性。

我复杂因为四周的鸟雀和走兽是复杂的。

我复杂但现在我累了，愿意暂且闭嘴。我闭嘴但依然复杂。本诗到此结束。

2011 年 12 月 20 日，孟买

*

我在 2014 年的一篇报道中读道："（编辑了《这才是中国最好的语文书》的）叶开向记者说起自己的一个经历。有一次，他在一个微信教师群里贴出诗人西川的一首诗《不要剥夺我的复杂性》，随即一位语文老师跟着说，当代诗歌都是垃圾！叶开的朋友、著名语文老师樊阳在私信里告诉叶开，他不同意那位老师的观点，于是带着这首诗去了学校，并在自己的一个人文阅读班上做实验，看看那些初中生能否读得懂这首诗，排不排斥这首诗。结果第二天，樊阳告诉叶开，班上 30 名学生，除了两个孩子不知所云外，大多数都能说出一点感想。有七八个学生还能说得很深刻，'所以人是复杂的，爸妈不要剥夺我们的复杂性，老师不要剥夺我们的复杂性'。"

论读书

——仿英格·克里斯蒂安森

有的人中国书读得太多了，西方书读得太少
有的人中国书读得太少，西方书读得太多了

有的人只读西方书，但一句外语也不懂
有的人只读中国书，自号某某山人，仿佛他真住在
　　山道的尽头

有的人中国书、西方书都读得太多，变得厌倦人世
有的人中国书、西方书都读得太少，活在世上全靠
　　天才和直觉

有的人没有天才和直觉也能滔滔不绝，但也没有沉
　　默做逗号和句号
懂得使用分号和破折号的人看来使用的不是中文

有的人中国书、西方书都读得太多，但没读过阿拉
　　伯和非洲的书
有的人读过几本拉丁美洲的书，但分不清那算是西
　　方书还是南方书

难道还有南方书吗？南半球的季节与北半球相反

南半球的书却不需要从最后一页读回第一页

有的人以为中国就是东方全不管印度也是东方当然
　　它在东方的南方
而巴基斯坦和阿富汗的作家也写书尽管他们不关心
　　孔夫子

有的人读了点书便趾高气扬了，指点江山了，江山
　　听着
有的人读了点书便谨小慎微了，谨言慎行了，安静
　　地喘气

有的人假装读过很多书其实是个文盲
有的人真读过很多书其实也是个文盲

有的人是真正的文盲却对读书人呼来喝去
有的人因为被呼来喝去遂愤恨地打开书本寻求真理

有的人愤恨于被呼来喝去发誓再不读书才发现大象
　　梅花鹿从不读书
有的人一本书不读却被写进了书里而他自己不知道

>>>

有的人读书是为了寻找快乐但不是寻欢作乐
有的人寻欢作乐但书读得也不少这说明读书人并非
　　注定清苦

有的人就把自己读瘦了头悬梁锥刺股
有的人就把自己读胖了读到满腹经纶可并不觉得
　　肚胀

所有读书的人只会越读越老当然不读书也免不了
　　衰老
在生死问题上读书与不读书没什么区别就像练拳与
　　不练拳没什么区别

有的人书越读越多，仿佛从河流进入大海，孤独地
　　飘荡
有的人书读到三十岁戛然而止，然后望着大地出神
　　到三十七岁

有的人在三十七岁告别了自己所谓天才的不着调的
　　生活方式
坐下来，打开台灯，写书，以便将自己耗尽并且被
　　世人忘记

有的人为书籍盖一幢房子自己只在白天进入这幽灵
　　的房间
有的人夜间也待在幽灵的房间里但是不在其中睡觉

有的人把书从书房里扔出来腾空书房用于冥想
有的人腾空书房用于储存货物但自己也没能变成成
　　功的商人

有的人以为腾空了书房就腾空了大脑
但大脑里总是有人哭泣有人怒吼这让他心烦意乱

有的人心烦意乱地走进书之山其实是走进了杂志
　　之山
有的人坐在书山里不再出来是因为找不到出山的
　　路径

有的人在书山里点火想到百年后会有人对自己痛加
　　斥责
有的人在焚书的火焰里哈哈大笑纯粹是因为痛恨
　　邪恶

>>>

有的人在焚书的火焰里哈哈大笑觉得这是最好的
　　自焚
有的人认为书山当然是烧不尽的所以永生当然是可
　　能的

有的人走出了书山剩下的时间是劝别人走进书山
有的人走出了书山对书山里的事物三缄其口

有的人对书籍说话好像作者是自己的熟人
有的人不对作者说话只是向他们鞠躬就像祭祀先祖

有的人认为尽信书不如无书这得是多牛的人啊他深
　　入当下
有的人只信书上说的蔑视一个活生生的世界这也得
　　自信满满

有的人觉得三日不读书面目可憎
有的人天生丽质害怕书籍会夺走容颜

过去中国人的说法是书中自有黄金屋可现在的金价
　　忽低忽高
而以色列的所罗门王说“积累知识就是积累悲哀”

但大人物的悲哀不是小人物的悲哀其原因不同
但读书人总是把小人物的悲哀解说等同大人物的
　　悲哀

六朝以前的中国人就悲哀过了而且不是因为读书
宋代以后的中国人越来越爱读书但只读孔孟之书直
　　到马列传来

有的人读书是为了最终放弃书本直至放弃自己
有的人读书在不知不觉中就变成了书虫

2016年3月8日

论高尚者

得读过几本书但不能读得太多，不能培养读书人的相对主义和犬儒主义。

在各类图书中高尚的人一般只读传记，仿佛他是要活成一本传记。

他并不非得对高尚本身感兴趣。最好的高尚是天然的高尚。但他总向高尚的前辈看齐。

他最主要的精神财富是理想主义。在理想主义的烛光面前，世界不得不暗淡。

但要谨防理想主义蜡烛的灯下黑。扑进灯下黑的飞蛾全都狡猾得不像飞蛾。

他得自觉比别人聪明，但不能聪明太多，否则就要琢磨利用别人的愚蠢。

高尚之人的隐私之一就是他的愚蠢。有时他也会显现他的愚蠢但并非故意出丑。

或许他得既聪明又愚蠢，但不能是小聪明和小愚蠢。

要玩就玩大的：他得挑大个的西瓜，爬大个的山。他得欣赏大个的月亮。

对他来说天道不证自明。他自觉有资格代天说话，这也是不证自明的。

要是使命感像发烧一样发作，他会烧成一个滚烫的英雄。

在拿不准真善美的准确定义的情况下，他得高歌真善美。做个反智主义者。

反智主义者统统认为道德天成，但有时，他又会犹豫该否为高级道德去牺牲低级道德。

难道道德是分层的吗？道德若分层，那阴曹地府是多少层？天堂又是多少层？

对此他不置可否。他低下头。他不是装傻，他是拿不准。

他肯定得有些童心啦，至少在别人看来。童心可保证一个人的透明。

他不一定总是性情的啦，至少在别人看来。哪有高尚的人不着四六？

如果他干了什么不妥的事，他得有高尚的借口。他得自我说服，咽回自己的唾沫。

他为社会的不公，为受到伤害的人们哭泣，有时也为无家可归的小猫小狗流眼泪。

但他不能探讨邪恶。他回避邪恶。无论是外在的还是内在的，黑色的还是白色的。

他有时会遭到来自他自己灵魂的严肃打击。这时他才知道他是有灵魂的。

这时哭是没用的。哭得再长久、再好看、再感人也没用。别指望魔鬼的善心。

在此情况下他得依然坚持一个淡淡的我，好赶走身后自私自利的大狗熊。

他得给欲望剪枝，却给爱浇水，这矛盾啊，是高尚的矛盾。

在诱惑的花园他不能逗留，在恐惧的房间他得自信刀枪不入，百毒莫攻。

如果他心生哀愁那也只能是淡蓝色的，如“五四”之后第一拨文艺青年。

他得善待小人直到忍无可忍，甩他一嘴巴，然后内疚，内疚，直到另一个小人出现。

谦虚的自我高估是必要的。由于这一点他不与俗人为伍。他只好与自己为伍。

高尚的人难免孤独，但他从不是自己的陌生人。他从不叫自己大吃一惊。

>>>

他往往是某种意义上的旁观者，因为旁观者总是干净的，如尚未拆封的书籍。

他站在雨里、雪里，主动或者被动。被动的旁观者中高尚者居多。

可是高尚者也不能过于高尚。比高尚还高尚的要么是神要么是伪君子。

他不能计较小恩小惠。他得大度如江湖大哥。所以他发光，甚至发福。

他不能计较小恩小惠，还得经常献出自己，好理解“奉献”这个词的基本含义。

他不需要被掌声鼓励。但有掌声更好。就像晴朗的天空飘几朵白云更美丽。

他得能够欣赏美丽的世界，哪怕它略显俗气，但理解崇高，说不上！

他得具备触景生情的能力，回忆的能力，展望未来的能力，但可能有一个坏记性。

他可能是过去的人或者未来的人。至于是不是现在的人他没想过。

没想过现在的含义，但他得爱家人、朋友，甚至陌生人，至于是否要爱自己他只能顺其自然。

他的爱只能与小数额的钱财挂钩。他得相信太多的钱财会像大铁炉子熔化高尚。

为避免作秀的感觉他得成为只拥有小数额钱财的众人，得是一只高尚的羊走在羊群中间。

他从不斜视，偷看他人。他看你时他的脸迎着你。他的真诚只有正面没有侧面。

即使在暗夜里他也只有正面形象。只在这一点上他注重形象问题。正面照镜子最方便。

与别人不同，高尚者会在镜子里照出自己的前世，别人只能照出容貌。

在这一点上高尚者保留了一点点古朴的神秘主义。尽管他也许不承认。

具有神秘主义倾向的高尚者常常发出耸听的危言，但往往无效。

那为什么要高尚呢？为了尊严吗？为了安心吗？为了愉快吗？一定有些好处。

做一个高尚的人，世界跟他过不去时他跟这世界硬磕到底。

2017 年 7 月 15 日

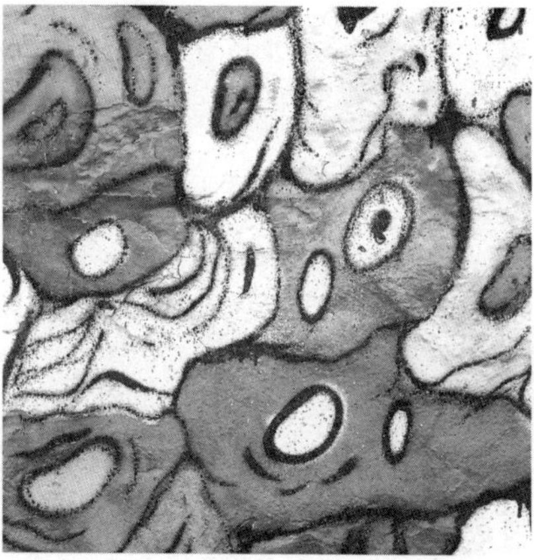

摄于智利

八段诗

1. 哪一朵色情的桃花

哪一朵色情的桃花曾梦见过这只多汁的桃子现在被我咬下一口
并想到这个问题在西王母的蟠桃园中？
我，齐天大圣，偷偷地进来，还得偷偷地出去。

2. 面向大海

面向大海，背向城市。
意图面向海底的城市，珊瑚和水母的城市，5万年前的城市，
却看见了空中的城市，那里游荡着狗熊和山猫，是没有时间的城市。

3. 习惯性想象

一想到蛇，必是毒蛇，仿佛除了毒蛇没有蛇；
一想到鲨鱼，必是吃人的鲨鱼，仿佛全世界都是迪斯尼。
对那些无害的蛇和鲨鱼，作为一个成熟的男人，我要说一声“对不起”。

4. 新江南

天空阴沉这是旧江南。新时代的小鸟飞在旧江南的天空。
旧江南的江面上机动渡轮半新不旧，虽新而旧，走着旧日的斜线。
对岸的楼房盖得比山岭高出一截，这已是百分百的新江南。

5. 传统和鬼

有传统的地方人多鬼多，甚至人少鬼多，甚至无人而有鬼。
听 人讲话我知道他是鬼，但我不愿点破：
害怕吓着鬼自己，同时也吓着听他讲话的其他人。

6. 关于原子弹的对话

同事说：我反对原子弹掉下来炸我一个人！
另一位同事说：如果原子弹哑了火，真有可能掉下来砸死你！

>>>

再一位同事说：什么境界呀你们这是？要是原子弹
袭来你们先撤，我顶着！

7. 老演员

老演员演别人，一辈子活六十辈子，可以了。
终于到了戏演完的时候，酸甜苦辣还在继续。
老演员演别人终于演到了自己的死。请安静一会儿，
请关灯。

8. 小演员

化了装的准备登台的小姑娘粉衣粉裤，肩膀露在
风里。
她既不快乐也不悲伤，像其他小姑娘一样。
在迈步登上那古老的露天舞台之前的一瞬间，她提
了提裤子。

2009 年，2011 年

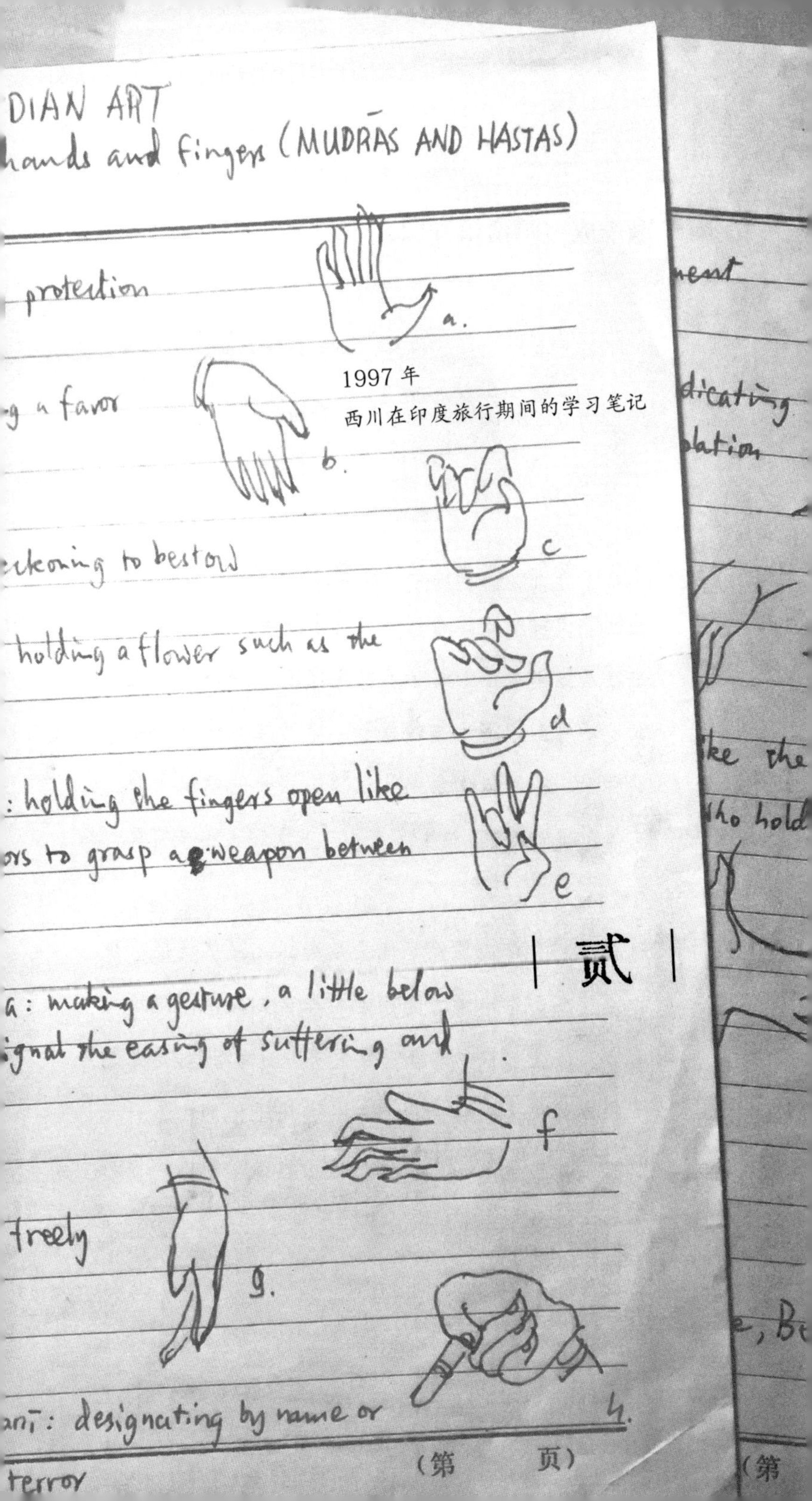
DIAN ART
hands and fingers (MUDRĀS AND HASTAS)

protection a.

g a favor b.

c

ckoning to bestow

holding a flower such as the d

: holding the fingers open like
ors to grasp a weapon between e

a: making a gesture, a little below
ignal the easing of suffering and

f

freely g.

h.

anī: designating by name or
terror

（第 页）

1997 年
西川在印度旅行期间的学习笔记

| 贰 |

题李成《晴峦萧寺图》

2012 年 12 月 16 日拜观于上海博物馆[①]

荆浩、关仝、董源、巨然，每个人都是突然，突然就把野山野水收揽进内心，同时勾摹出伟大的山水幻象，仿佛在他们每个人动笔之前，那山山水水原本是不显山不露水的穷汉子，眼窝里有风沙、指甲里有泥，需待他们次第认出这穷汉子的巍巍大命。仿佛在他们之前，没有展子虔、王维和大小李将军。

现在轮到了李成现世。他又是突然，突然就把居址营丘这个山东小地方的山水勾摹得如此清刚，不可磨灭，勾摹成记忆中天子的山水——而此时是业经改朝换代无人认领的山水——即属于他的山水——同时是塑造他的山水。他把这山水给予中国。他再次发明中国，如渺寂的先贤。

① 该画现藏美国纳尔逊 - 阿特金斯美术馆。

这皇室后裔，落寞的、孤傲的酒鬼，以八方之思构制小图，以万仞之心哦咏小诗。他落笔于绢面，留天，留地，于正中央处确立横风中峭然的寺塔，一丝不苟。这非人间的建筑只能以“仰画飞檐”之法摹画才肃穆万分在人间。后来于《梦溪笔谈》中批驳其画法不够“文人”的沈括怎会理解李成的心思？

这寺宇非一般茅舍，就如配合寺宇拔向天空的山岭亦非一般山岭。这山岭虽非大山茫茫，却萧然陡立仿佛是山魂萧然陡立。山魂呼吸仿佛根本没有呼吸而他确然在呼吸。

山下客栈打尖的客人中哪一位是李成？或者山道上骑驴、挑柴的行人中哪一位是李成？或者李成是每个人、每棵树、每块石头，所以每个人都不是人间之人而是宇宙之人，每棵树都不是人间之树而是伸出蟹爪的枝丫，每块石头都不是人间的石头而是璞玉只承天工不受人力。

璞玉是玉吗？蟹爪之树是树吗？秋风阵阵，此地是营丘吗？画中人物，有一位是李成吗？这《晴峦萧寺图》是李成所作吗？若非李成所作还有更狂的画家生活在他的时代而不为我们所知吗？或者，有一位比李成更伟大的李成隐蔽在天地之间吗？

噫吁兮，危乎高哉！

2015 年 6 月 19 日

题范宽巨障山水《溪山行旅图》

观范宽《溪山行旅图》需凌空立定，且不能坠落。

大山不需借虎豹生势，亦不必凭君主喻称。后来做《林泉高致集》的郭熙永远不懂。

这直立的黑山，存在的硬骨头，胸膛挺到我的面前。

枝柯间的庙宇很小哇就该那么小；一线瀑布的清水很少呀就该那么少；黑沉沉的山，不是青山；范宽用墨，用出它的黑，用出黑中的五色。人行白昼仿佛在夜晚。1000年后他的雨点皴和条子皴更加晦暗。

在范宽看来，家国即山水——即山峰、瀑布、溪涧、溪涧上的小木桥、岩石、树木、庙宇、山道、山道上细小的人物、细小的人物驱赶的毛驴。毛驴是四条腿的小鸟在行动。它们颠儿颠儿经过的每棵大树都已得道。粗壮的树根抓住大地一派关陕的倔强。

而此刻真宗皇帝正在京城忙于平衡权贵们的利益。

而此刻任何权贵均尚未端详过这幅《溪山行旅图》。凝神这即将完成的杰作，范宽不知自己已升达“百代标程”。十日画一石五日画一水，其耐心来自悟道，而悟道是个大活。眼看大宋朝就要获得一个形象：山如铁铸，树如铁浇；眼看后人李唐将要获得一个榜样。

后人董其昌不赞成这样的工作，以为“其术太苦”。后人玩心性，虽拟古却与古人无关。与聪明的后人相比，古人总显得憨厚且笨拙。

憨厚的范宽独坐溪畔大石，喝酒，忘我。听见山道上旅人吆喝毛驴的几乎听不见的声音，还有岩石顶住岩石的声音、山体站立的声音、蜥蜴变老的声音。对面黑山见证了这一刻：范宽突然成为范宽，当他意识到，沉寂可以被听见。

偏刘道醇指范宽："树根浮浅，平远多峻。"偏米芾指范宽："用墨太多，土石不分。"偏苏轼指范宽："虽稍存古法，然微有俗气。"——他们偏喜对伟大的艺术指手画脚。他们偏喜对伟大本身持保留态度。他们被刺激，只对二流艺术百分百称赞。

憨厚的人在枝柯间签上自己的名字，不多言。

2012年6月29日

再题范宽《溪山行旅图》

这石头。这黑色的石头。这黑山。这矗立在阳光下却依然黑色的山。不是青山，不是碧山，是黑山，是墨山。——但“黑”与“墨”皆不准确：是暗沉沉的山，随绢面变旧而更加暗沉沉。——时间加重了山体的重量感。这沉重的山，仿佛突然涌起，扑来，突然站定——虽“突然”站定，却是稳稳地站定。是它自己的主意？抑或画家的主意？抑或画家曾在终南山或秦岭的某处被这样的山体一把抓住？有谁听到过范宽的惊叹？这遮天蔽日的山体，山巅灌木浓密而细小。灌木枝子瘦硬如铁，不生虫，不生蚊蝇。黑暗而干净。这令飞鸟敬畏，令虎豹沉默或说话时压低嗓门，令攀登者不敢擅自方便。于是无人。无人放胆攀登。但其实，这又是随处可见之山，不藏玉，不藏金，不关心自己。——没有任何山岭关心自己，就像灌木不关心自己能开出多少花朵，就像花朵不关心自己是红色还是粉色。——范宽的花朵应是黑色。是夜的颜色、眼睛的颜色。有谁见到过范宽的花朵？范宽不画花朵，因为灌木就是花朵，荆棘就是花朵，正如山溪就是河流，瀑布就是河流，所以范宽也不画河流。对水的吝啬，我看到了。山峰右侧的一线瀑布，我看到了。我试图理解：这不仅是范宽的构图，这也是土地爷的构图，——这是口渴的自然本身。山下口渴的旅人赶着口渴的毛驴，走过因口渴而张开臂膀的大树。——溪水的声响在前边。溪畔大石上可以小坐，甚至小睡；可以晾袜子，晾衣服。而当这二人停在溪边的时候，必有微风送来安慰，仅有微风送来安慰，以及对艰辛生涯的敬意。他们不会在这样正派的山间遇到手提一篮馒头的妖女，也不会遇到飞沙走石的虎豹豺狼，但有可能遇到镇日盘桓山间，饮酒、悟道的范宽，而不晓范宽何许之人。这二人早已习惯了山岭的高大、树木的粗壮，而山岭和树木亦早已习惯了行人的渺小。沉寂风景中渺小的商贩，风尘仆仆的奔波者，不是官吏或地主。然即使官吏或地主来到此山间，照样渺小。这不仅是范宽的想法，这也是土地爷的想法。

这是一幅几乎看不到人的山水画，却被命名为《溪山行旅图》。

2012年7月10日

题范宽巨障山水《雪景寒林图》

至人坐观天地当如无我之我坐观范宽无上神品《雪
景寒林图》。
范宽坐观秦川山水当如李白独坐敬亭山。
李白独坐，独看，最终“只有敬亭山”——他看丢
了自己；
范宽画秦川山水选择不让自己出现在画面上他好像
会意了李白的闪念。

一千年前一场大雪落向八百里秦川落到范宽眼前。
忽然时间停止了在五代的战乱之后在这大宋朝幽僻
的一角。
太幽僻了连哭声都湮灭连得意与失意的嘴脸都退下。
范宽与天地精神独往来身寒心暖。

天才们都是急性子而范宽不是。
天才们都是寻死觅活瞬间完成他们的传奇而范宽
不是。

冰天雪地里的范宽哈出白气感觉除了山川没有对
话者。
他踱回画室打开窗户让凉风嗖嗖直入而他以深湛的
功夫一笔笔画下
这浩渺这寂静这寂寞，
这寒冷这寒冷中的爱这无限的爱，
这死亡这死亡中缓慢的生长，
这密实又透风的枝条这粗壮而平凡却终成大风景的
野树，
这无人的山中小径这溪水上无人跨过的小木桥，
这冻住就拒绝倒映万物的溪水，
这梵音凝固被大雪掩埋被山岭半遮半掩的寺庙，
这木屋这不够人与牲口与树木与山岭取暖的一丝
热气，
这封在炉膛里的珍贵的火，
这门口眺望雪岭和雪岭的孤单的无名者，
这危耸的无名的雪岭中的雪岭忽然从范宽获得肯定
的雪岭，

这雪岭上的无我的灌木，
这习惯于温暖的南方人不能理解的冰谷里的
　　岚雾……
远和近，
每一块硬石头都是冰凉的。

范宽究竟叫范宽还是范中正还是范中立还是范仲立，
　　他独自伟大仿佛与天地共存灭。

2014年6月4日

题郭熙巨障山水《早春图》

想象郭熙展读《吕氏春秋》的开篇：

孟春正月，太阳的位置在二十八宿的营室。初昏时，参宿运行至南方中天；拂晓，现身于此的是尾宿。孟春属天干中的甲乙，其主宰之帝为太皞，而佐帝之神为句芒，应时动物乃鱼龙之属。其声音是五声中的角音，音律与太簇相应。是月数字为八，味酸，气膻，需行户祭之仪，祭品以脾脏为尊。东风吹融了冰雪，蛰伏的虫豸醒来。鱼自深水上游到冰层下，水獭将捕到的鱼陈列在岸边，候鸟大雁向北方飞行。此时天子居住在东向明堂的左侧室，出行时乘以鸾鸟命名的响铃之车，拉车的是青色大马，车上插着青旗，而天子服青衣，佩青玉，吃麦子和羊肉，所用器物的纹饰空疏而畅达。

想象郭熙感叹："春山淡冶而如笑。"乃援笔作巨障山水《早春图》，时在宋神宗熙宁五年壬子，即公元 1072 年，即辽道宗咸庸八年、夏惠宗天赐礼盛国庆三年。是年冬春之际，宋夏激战于横山罗兀城，城终为夏军占领。夏皇太后梁氏结连吐蕃，以亲生女向亲宋的吐蕃首领董毡之子蔺逋比请婚。是年，日本后三条天皇出家；大越李圣宗李日尊崩；远在天边的拜占庭帝国迈克尔七世任命哲学家迈克尔·塞拉斯为主辅政，日日问学；更远在天边之外的神圣罗马帝国阿达尔伯特卒，撒克逊人遂举兵叛乱。——不知如此想象郭熙的时代是否合适？是年大宋朝名动公卿的图画院艺学郭熙研究三远构图法，即平远、深远和高远，成为永垂史册的大画家。他在绢面上画出鬼脸云头的峻岭身裹如蒸雾气，画出解冻的溪水、正在醒转欲入葳蕤之盛的万木。

想象汴京或曰开封皇宫大内的紫宸殿、玉华殿、睿思殿及御书院、中书省、门下省、翰林学士院、大相国寺、显圣寺及开封府衙的高壁和围屏上，处处可见郭熙的白波青嶂。是时神宗皇帝止痴想伟大帝国的远景，郭熙应之以伟大山水的图画，王安石展开了伟大变革的实践。想象王安石手持一卷《周礼》步入办公厅，为《市易法》《禁军校试法》《保马法》《方田均税法》做最后润色。他疲倦时凝神郭熙画作，被回溪断崖、万壑风涛所激扬。而这时，司马光退归洛阳，尚未营建独乐园，于修撰《资治通鉴》之暇做《投壶新格》并发起对王安石的第一轮攻击，建议御史中丞吕诲上书弹劾王安石，自己则上书《应诏言朝政阙失状》。为抵消舆论对新法的反对，王安石置京城逻卒，察谤议时政者，行“白色恐怖”。是年苏轼在杭州通判任上与老词人张先同游西湖，又初识黄庭坚天人之才。是年开封府安上门监门郑侠做《流民图》期呈御览，思罢新法以“延万姓垂死之命”。而郭熙上瘾于大山堂堂，长松亭亭。

有《早春图》，必有《仲春图》《季春图》，它们现在何方？郭熙把大宋朝廷的宫室厅堂、寺宇道观用作自己的展览馆。他究竟为改革画下多少幅山水不得而知。当神宗皇帝于1085年驾崩，9岁哲宗登基，英宗的高皇后听政，郭熙的好日子到了头。宫女宦官们听反对变法的老皇后一声令下，撕烂郭熙的画作当抹布，直如撕毁列奥纳多·达·芬奇的《蒙娜丽莎》当柴烧。已届高龄的郭熙颓坐于图画院，咳嗽，发烧，回家，死掉。

2015 年 8 月 6 日

题佚名（传赵伯驹）
青绿山水横卷《江山秋色图》

列奥纳多·达·芬奇画得好是因为其师父安德烈·德尔·韦罗基奥教得好。韦罗基奥教得好是因为他约略知晓遥远东方大宋朝的画师们画得好。

是大字不识的蒙古骑兵长途驱驰，把大宋朝的百艺工匠、丹青能手带过伏尔加河和喀尔巴阡山，带到布达佩斯，带到多瑙河畔。

是这些丹青能手中有人遇到过欧洲的画匠，并把大宋朝摹写造化的绘事技艺传输给他们，他们彼时只能依样画葫芦地摹画圣像，不知古希腊亦不知大宋朝，尚无一个人胆敢放肆想象后来的文艺复兴。

他们中有人后来成为达·芬奇师父的师父。达·芬奇用宋人画技绘制人物的山水背景因此而顺理成章。

那些来到欧洲的东方画师们画得还行是因为遥远家乡大宋朝的画师们画得好，而大宋朝的画师们一个比一个画得好是因为图画院里有人画出了超越前人的《江山秋色图》。

这精工的山水，一丝不苟的虚构：叠嶂回峦，旧阜新岸，寂水寞桥，乔松修篁，山村山寨，山道山人，道心道观，道地道天。千峰千壑的万死万生投身于赭石、石青和石绿，画师以小我吐纳大我，以 17000 块岩石表现 17000 块岩石，以 200,000 片竹叶表现 200000 片竹叶。写实到这样的极限便突入了梦幻之域，于是“伟大”的模样乃跃然于 3.24 米长的画幅。群山被缩小但山魂没有被缩小，众水被缩小但水魄没有被缩小，没有被缩小的还有秋凉、天空和远方的远方。这山水的创造者、造梦者不曾想过要加入远方又远方的文艺复兴。他不曾署名在画面上，因而无人知晓他姓甚名谁，就像抖擞于文艺复兴的桑德罗·波提切利画到那样完美的程度而我们不知道世上还有波提切利这个人。

2015 年 8 月 24 日

题王希孟青绿山水长卷《千里江山图》

绿色和蓝色汇集成空山。有人行走其间，但依然是空山，就像行走的人没有面孔，但依然是人。谁也别想从这些小人儿身上认出自己，就像世间的真山真水，别想从王希孟那里得到敷衍了事的赞扬。王希孟认识这些画面上的小人儿，但没有一个是他自己。这些不是他自己的小人儿，没有一个他能叫出名字。小人儿们得到山，得到水，就像山得到绿松石和青金石，水得到浩渺和船只，就像宋徽宗得到十八岁的王希孟，只是不知道他将在画完《千里江山图》之后不久便会死去。山水无名。王希孟明白，无名的人物，更只是山水的点缀，就像飞鸟明白，自己在人类的游戏中可有可无。鸟儿在空中相见。与此同时，行走在山间的人各有各的方向，各有各的打算。这些小人儿穿着白衣，行走，闲坐，打鱼，贩运，四周是绿色和蓝色，就像今天的人们穿着黑衣，出现在宴会、音乐会和葬礼之上，四周是金色和金色。这些白衣小人儿从未出生，当然也就从未死去，就像王希孟这免于污染和侵略的山水乌托邦，经得起细细的品读。远离桎梏的人啊谈不上对自由的向往，未遭经验损毁的人啊谈不上遗忘。王希孟让打鱼的人有打不尽的鱼，让山坳里流出流不尽的水。在他看来，幸福，就是财富的多寡恰到好处，让人们得以在山水之间静悄悄地架桥，架水车，修路，盖房屋，然后静悄悄地居住，就像树木恰到好处地生长在山岗、水畔，或环绕着村落，环绕着人。远景中，树木像花儿一样。它们轻轻摇晃，就是清风送爽的时候。清风送爽，就是有人歌唱的时候。有人歌唱，就是空山成其为空山的时候。

再题王希孟《千里江山图》

这年轻人昨夜梦见了什么?

山吗?

他起床，揉眼，带着梦境走进画室。太阳那腾着尘埃的光柱斜戳在地面。桌案上的横绢等待他动笔。他画山，但他画出的既非北方之山亦非南方之山，而是梦中之山。当他画出这群山，他奇怪为何前辈画家不曾这样画过。

他也画出水。山总是给水留出位置。而水和水总是一样的。老子看到的水和孔子看到的水应该没什么不同。但怎么画呢?以网纹画水波这是前辈的经验。他后悔没在梦中观察那水的样子。也许水和水的不同全在水岸之不同。

他已画得比自然山水本身美过三倍，但他决心美过七倍。而美到两倍就是僭越了。没人跟他说起过这事吗？他的皇帝老师呢？皇帝老师的《雪江归棹图》只比大自然美一倍或一倍半。但即使这样，皇帝老师到底后来也丢了江山。

这年轻人昨夜梦见了什么？

死吗？

他没有江山可丢。他也不曾想到要让自己一条小命平行于他的山水画（而事实已然如此）。他只曾想到，将来每一位观画者都会站在他的位置上并装备上他的目光。人们每赞赏一次，他就会再生一次。画在，王希孟就不会远离。

内府的收藏他全看过了。他模糊知道，自己已画到前无古人。这有点危险，但他无视危险，继续轻轻描摹，与大自然比赛耐心。山峰、树丛、院落、长桥和小船，一一就位。他画出可以走人的小径就真有人走在上面。

一里真山真水不会让人疲倦，十里真山真水就难说了。而他让梦中的大山大水绵延一千里，仿佛他是从绵延万里的山水中截取了这一千里。可以想见皇帝老师缓缓地点头称是，可以听见蔡太师憋在嘴里本欲表达赞叹的脏话。

这年轻人昨夜梦见了什么？

2013年7月14日拜观于故宫武英殿

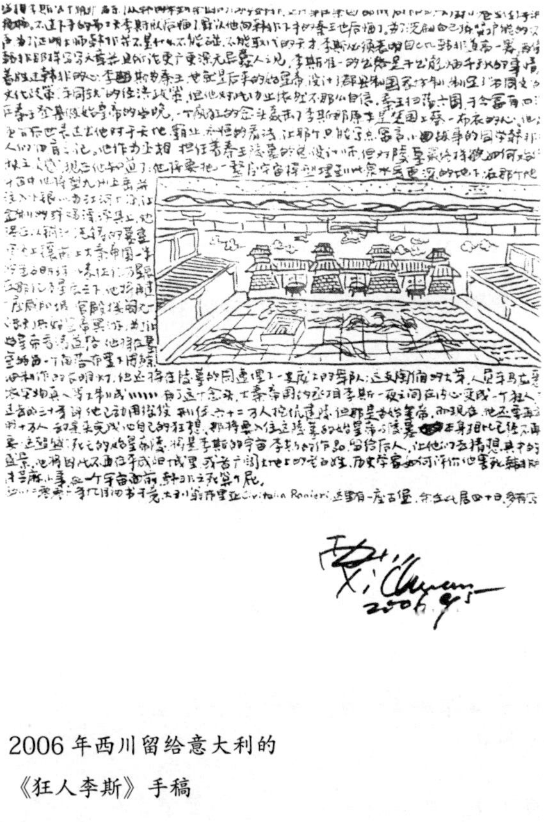

2006 年西川留给意大利的

《狂人李斯》手稿

我是谁

独处。几回自问“我是谁”。
但一问就要发烧。为健康，打住。

曾有人告诉我：我的前程将越过地平线。
曾有人递我一张黄纸，画了符，嘱我烧掉。

一个踽踽独行的老太太曾在胡同里高声怒骂：
“你个崇洋媚外的东西！”
——那时我年轻，贫困，彷徨，想死。

曾有人说我身后跟着两个影子。
不，不是海子也不是骆一禾。

海子、一禾知道我是谁吗?
一禾也许知道一点，海子从我身上看见他自己。

夜色中，魏玛蒙哥十二岁，我牵着。
这顺从我的大狗，依赖我的大狗，老了，
它要找女朋友的念头渐渐磨灭。

夜色中的杜甫，身边一定全是鬼魂。
他用典就是与鬼魂说话，或者让鬼魂代自己说话。

司马迁不问“我是谁”，
但在幽暗的过去撞见八千个司马迁。

马其顿人把“我是谁”一直问到克什米尔。
古代中国人问“我是谁”的意思是“我的天命是什么”。

圣道、空无、家国留给贤哲们去关心。
在我面前，挤眉弄眼，破口大骂的，是人类。

人类的此刻。我小声问一句：“我是谁？”
——又有点儿要发烧的感觉。

……

那人怎么还不来呢？我以为那人是他或她，但都不是。
灯火阑珊，蓦然回首，无人。

那个知道我是谁的人怎么还不来呢？
什么意思？不能烧坏脑子。

2019 年 1 月 31 日

尽量不陈词滥调地说说飞翔 *

每回思欲飞翔　都感身体沉重
每回奋力起飞　顶多腾空五尺

然后坠地　露出本相

有回我高飞到九尺　瞬间心生苍茫
落地摔疼屁股　屁股大骂心脏

偶夜梦里悬空　由树梢跃升楼顶
由楼顶蹬脚而起　见半月在我左手

我浴三光即永光　我入黑暗遇无人

怀落寞而归床　上厕所而冲水

次日回味　一声不响
走路　被一男孩叫“爷爷”

问孙子“你叫啥”　回说“我叫飞翔”

2014 年

*

在这首充满反讽的诗中我悄悄使用了《楚辞》的节奏，但没有用到“兮”，“我浴三光即永光 我入黑暗遇无人 / 怀落寞而归床 上厕所而冲水”。

把自己的小把戏都供出来，这样好吗？

2014年11月1日在贝尔格莱德惊悉陈超辞世

后社会主义的田野。
国家分裂余留下的丘陵。
玉米地包围的没有车辆的加油站。
走没了的人。

飞鸟不照影的池塘。
通向无处的林间小径。
东正教教堂的新彩画。小镇。
走没了的人。

下沉的河谷，高岸上的村庄。
树上的不与时俱进的鸟窝。
晾在绳子上的不时髦的衣裳。
走没了的你。

半新不旧的晨光。
晚风里隐去面孔的哭泣。
我离家万里。铁轨。火车不来。
在无人知晓你的地方，

我念着念着走没了的你。

2014年11月11日

悼念之问题 *

一只蚂蚁死去，无人悼念
一只鸟死去，无人悼念除非是朱鹮
一只猴子死去，猴子们悼念它
一只猴子死去，天灵盖被人撬开
一条鲨鱼死去，另一条鲨鱼继续奔游
一只老虎死去，有人悼念是悼念自己
一个人死去，有人悼念有人不悼念
一个人死去，有人悼念有人甚至鼓掌
一代人死去，下一代基本不悼念
一个国家死去，常常只留下轶事
连轶事都不留下的定非真正的国家
若非真正的国家，它死去无人悼念
无人悼念，风就白白地刮
河就白白地流，白白地冲刷岩石
白白地运动波光，白白地制造浪沫
河死去，轮不到人来悼念
风死去，轮不到人来悼念
河与风相伴到大海，大海广阔如庄子
广阔的大海死去，你也得死
龙王爷死去，你也得死
月亮不悼念，月亮上无人
星星不悼念，星星不是血肉

2014月11月11日

*

在国外，我一朗诵这首诗（它有不同语言的译文），就预知我会收获怎样的反响。但是在国内，似乎没有人在意这首诗。国内一般诗歌读者可能知道我写过一首叫作《在哈尔盖仰望星空》的诗，那是我 20 岁出头时写的东西。那篇东西令现在的我感到尴尬。

围海造田

围海造田之后新土地需要七年的沉积方可使用
围海造田者需要七年光阴才能安然于占领了一小片
　　大海

这新土地上新植的树木尚未获得自然的授权
无自然授权，新树木就不会获得“树林”的感觉

飞鸟、昆虫和青蛙不愿以此为家，无论建设者怎样
　　加班加点
海风吹过，像吹过时光停滞的停车场或者垃圾场

月照垃圾场不会比月照万里河山缺少诗意
但月照七年海滨垃圾场会让月亮的诗意获得更多的
　　内涵

七年之痒或七年喧闹，一些看似幸福的家庭会解体
曾经相爱的人互道拜拜之后，负疚心终会接纳天高
　　云淡

在云天之下另觅新欢的不仅是受伤的情种
做买卖、玩政治的也会从新的合伙人身上发现新的
　　人生观

>>>

爱大笑或时常伤感的人会在七年光阴中变得麻木
而附近的街道会一直变脸，只是投机分子不会错过
每一天

荀子站在新造的土地上说："人定胜天！不过，
天，需要七年光阴才会认可你围海造田。"

浮士德站在新造的土地上面对七年的荒芜忽有落寞
之感
不禁抱怨起养尊处优的歌德简单理解了沧桑世变

2017年6月6日

内　部

一块石头的内部还是石头以及对地壳运动的记忆
一块砖的内部还是砖以及对火的记忆或者遗忘

一朵花，开放的花，没有内部，就像雨，没有内部
而一粒种子的内部是四季，是生长的欲望

一只苍蝇的内部是我不认识的血肉
一只鸡的内部是脏器、血管、肉和骨头以及对灵魂
　　的呆滞

一个人的内部或者是一只老鼠或者是一条龙
一个人的内部或者是一座村庄或者是一泡尿一坨屎

一个人的内部肯定是黑暗的，没有星光
一个人的梦想渐渐消失在他的内部

一群人的内部还是人，一群人的内部还有高山和峡谷
一群人的内部，过去没有，但现在有了，是一座银行

一座银行的内部坐着一个行长，有时他也变成
一个囚犯，一个教师，一个演员，一个司令

>>>

但一个细胞的内部是一个宇宙，它并不起源于爆炸
但一个病毒的内部是咯咯笑的魔鬼

就像一场人间灾难的内部是心机，是误判，是愚蠢
或者一口气的内部是惊慌，是悲伤，是死亡

2020年5月10日

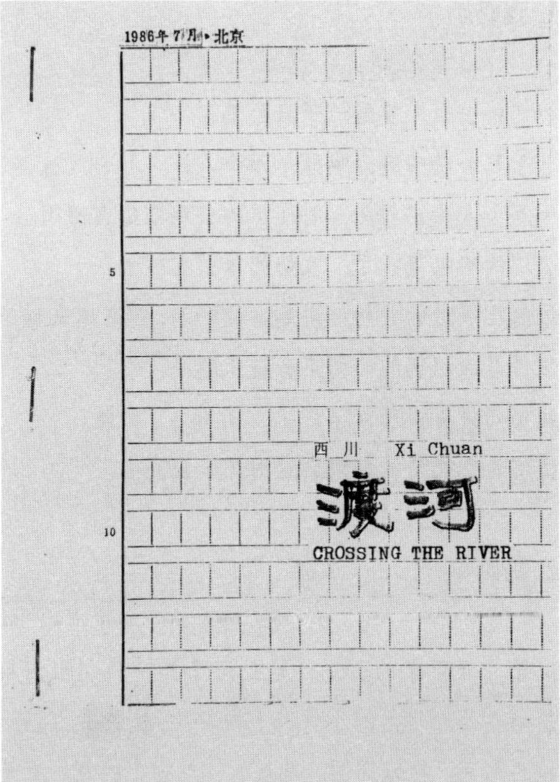

自北大毕业以后，
1986年西川用复印机自制的
个人诗集《渡河》

现实感*

1. 我奶奶

我奶奶咳嗽，唤醒一千只公鸡。
一千只公鸡啼鸣，唤醒一万个人。
一万个人走出村庄，村庄里的公鸡依然在啼鸣。
公鸡的啼鸣停止了，我奶奶依然在咳嗽。
依然在咳嗽的我奶奶讲起他的奶奶，声音越来越小。
仿佛是我奶奶的奶奶声音越来越小。
我奶奶讲着讲着就不讲了，就闭上了眼睛。
仿佛是我奶奶的奶奶到这时才真正死去。

2. 奶奶

院子。五百年的历史。她见证了其中的九十六年。她坐在西厢房内的小竹椅上梳着头，梳着头。门开着。她的侧面。在她周围，是灶台、灶台上的锅、桌子、桌子上的酱油瓶、塑料篮子、篮子中的白菜和胡萝卜，还有墙角的柴火。西厢房的屋顶上白云悠悠。西厢房内烟熏火燎，像一件被穿过九十六年不曾洗过的黑棉袄。九十六年把她变成一块遭逢了大旱的土地，只有她的眼睛湿润，湿润而浑浊，仿佛尚未完全枯干的水井。九十六年使她深陷在自己的身体里。亲人们俱已变作鬼魂。她仿佛是代表鬼魂活在这西厢房里。她那当过国民党营长的丈夫早已埋骨青山。她梳着头，梳着头，一丝不苟。她已不再害怕将这简单的动作一遍遍重复。她已退到生活的底线，甚至低于这底线。她的脏布鞋踩到了比地面还低的地面。她梳着头，梳着头，认真得毫无道理，毫无意义。而花开在门外。当年的花呀……

3. 高人

孔子的道家弟弟，庄子的儒家哥哥，是同一个人，
　　一位高人，
仪态仅次于神仙，谈吐仅次于仙鹤，文笔仅次于我。
他带着批判的距离感，来到世间走一走，
仿佛最终他还要回到深山老林里的贫困县。
但他看上了这城里的臭虫：从臭虫的肥硕足见世道
　　人心之恶。
所以臭虫必须被消灭，高人必须露一手。
但谁将去顶替他在深山老林里的位置？
他满大街寻找仅次于他的高人，找到你的门口。

4. 佩玲

后来我知道她叫佩玲。

后来她回学校午休，我则继续在街头游逛。

我们是不约而同来到甘蔗摊旁。

我们一大一小两个人，一起嚼甘蔗，

一起将嚼干的甘蔗肉吐在地上，

一起看苍蝇飞来——原来苍蝇也喜欢甜味呵。

然后我们一起吃米粉，一起吃汤圆，

然后这小镇上最美的小女生问我来自什么地方。

我愿她快快长大，长成我暮年的女朋友。

5. 西峡小镇

偶然经过的镇子，想不起它的名字。

我在镇子上吃了顿饭，喝了壶茶，撒了泡尿。

站在镇中心那片三角广场上，向北望是山，向南望也是山。

四个男人和一个女人走动在镇子上（不可能只有这么几个人）。

一条狗从一座房屋的影子里窜到另一座房屋的影子里。

生活几乎不存在，却也虚虚地持续了千年。
没想到我一生的经验要将这座小镇包括进来。
没想到它不毁灭，不变化，目的是要被我看上一眼。

6. 天一黑

天一黑群山就没了呀。看不见了。不存在了。
仿佛戏唱完演员就退场了，道具也退场了。
漆黑呀。兴坪漆黑得就像兴坪自己。
饭铺里最后一点灯光。炒菜的声音持续着。
大玻璃瓶中白酒泡着花蛇，没一点声响。
还没到睡觉的时候呵，人也没了，山也没了。
可这样的生活只能发生在山间呀。
仔细辨认，群山哪儿都没去，影影绰绰，围着小镇
　　站着呐。

7. 夜行

鬼魂栩栩如生的夜晚。没有同伴，没有手电筒，
我走直径横穿大地之圆。

>>>

祖国分布在公路的两侧。大雨下在两座城市之间。
我有鸟的幻想、蛇的忧患。

远方。树林迎接我的靠近：
树叶滴雨，树脚发麻，闪电叫它们相互看见。

8. 打铁

乌黑的铁匠铺。打铁的两个人。
越打越好的技艺。越打越没用的青春。
他们打铁，汗水滴在烧红的铁块上。
他们打铁和淬火，好像在表演一部电视剧。
依然有人需要一件笨重的农具，除了手表和电视机，
依然有人在今天将那十三世纪的生活开辟。
两把铁锤打一把铁锄，把锄嘴打扁，
然后淬火再打，打到月亮殷红，打到无铁可打。
享受一阵晚风，他们听到了打铁的声音。

9. 怎么一回事

羊儿吃草，一直到死，一直到死它们也不吃别的
——只有老天爷知道这是怎么一回事。

庙门朝南，来自北方的香客也得从南边进门，再行叩头
——只有老祖宗知道这是怎么一回事。
五个葱芯般的姑娘把人体彩绘冷不丁带到老乡们面前
——只有县长知道这是怎么一回事。
白云移过犄角尖，还是那么白，却改变了形态
——只有白云知道这是怎么一回事。

10. 老界岭

他们毫无理由地继续爬山，我们决定停步不前。
我们决定把山顶的无限风光让给他们；让他们傻眼。
我们决定留给自己一点遗憾，只和半山腰的岩石打一个照面。
大雾压下山脊，来适应山谷，
就像卖鞋垫的小姑娘爬上山来适应冷飕飕的风。
她决定等到那最后一个从山顶下来的人，卖给他一副鞋垫，
而我们决定等我们的同伴，但不听他们讲山顶上的事情。
我们珍爱我们的决定，他们下来一定会傻眼。

11. 野猪

据说苇泊乡西边那片老林子里游荡着一头野猪，
这是《山海经》中不曾写到的动物。
我穿过那片老林子，一次，三次，始终不曾与它相遇。
但这并不意味着没有野猪，我想。
它肯定也曾听说偶有人类从离它不远的地方走过，
其中一位不想暴露自己的懦弱。
但它从未遇见我，但这并不意味着没有我在想着它。
它那个笨脑子肯定也曾这样想过。

12. 黄毛

“文明”和“进步”竟然首先呈现于小流氓的头顶。这四个流里流气的男孩，这四个游手好闲的男孩，这四个混混，这四个瘪三，他们的黑发染成黄毛，颜色由深而浅。他们在街上一字排开，朝前走，身后跟着三个女孩。阳光明媚。这三个女孩把时髦带到这穷苦的镇子上，把支摊卖橘子、香蕉的大嫂和大姐衬托得丑陋不堪。昨夜我看见他们，在小饭铺里喝酒。他们是小镇上睡得最晚的人。他们是小镇上最浪漫的人。韩国的风、日本的风，吹得他们变了质，他们成了不满现状的一伙、瞧不起别人的一伙、不能与环境打成一片的一伙。今天上午我又看到他们，从街这头溜达到街那头，然后又溜达回来。而这条街上，无非两家饭馆、一座小学校、一家旅馆、一间邮局、一家药店、一家鱼店。鱼店老板在不动声色地宰杀一只白鹅。三个女孩中有一个女孩确有些姿色，但她的青春看来只能交给这黄毛中的一个。小流氓自有小流氓的福气啊。小流氓自有小流氓的难处。

13. 喜悦

一匹马拉一车晚霞走进田野。
寂静的田野。辽阔的田野。有玻璃碴掺入泥土的田野。
我像小资一样播撒晚霞如播撒粪肥，
我像农民一样收割丛丛黑夜。

我一身香味但我是个男人。
我的脚陷进泥土但我的身体在上升。
不知道什么鸟在叫，
我管不住我的心。

14. 桌子板凳

田野中的桌子板凳邀请我们坐下，
田野中的桌子板凳邀请我们体验，
把桌子板凳安放在田野中的感觉。
是田野中的桌子板凳和我们一起，和一望无际的庄
　　稼一起，
一起组成有人撑死有人饿死的大地。
大地什么都不说不可能，
我们什么都不想不可能，
田野中的桌子板凳什么都不放在心上不可能。

15. 上推不出三代啊

上推不出三代啊，我也是这小街上坐小板凳吃米粉
　　的人。
上推不出三代啊，我也会驼着背，拄着拐，豁着牙，
在家门口傻笑。
上推不出三代啊，我家中也供着天地君亲师的牌位。
上推不出三代啊，我也会无所事事，打字牌下象棋
　　直到天黑。

青山绿水，太多了。
面向秀丽的青山，我竟然睡着了。
苍蝇在我脸上飞来飞去，
我竟然睡到了三代以前。

16．月出东山

我已经不小了，我还会为月出东山而雀跃吗？
如果我雀跃成一只麻雀，那些真正的、害羞的麻雀
　　该怎么办？
如果我落地时踩到了西瓜皮，那西瓜皮该怎么办？
那么多人雀跃过了，麻雀已统统飞走，
不缺我一个人或一只麻雀来踩什么西瓜皮。
我妈瞅着我纳闷："你不高兴吗，儿子？"
我说我高兴，只是不想再为月出东山而雀跃。
如果我雀跃时发了疯，妈，你可怎么办呢？

2003年，2004年

*

我听过别人对这组短诗的肯定。但其实，这些诗都是我随手写下的，写得毫不费力。这是一组没有写作难度、没有写作抱负的诗。有人会认为诗歌就应毫不费力地写出，那才叫“自然流露”“天然去雕饰”，但我想，李白也不会同意别人说他的《蜀道难》和《梦游天姥吟留别》没有难度，而仅仅是“自然流露”。带有随意性、偶然性的诗歌对我来讲是不可或缺的调味品。我需要它们，但我也不会放任自己只写这类东西，因为这类东西中的绝大部分没有什么太大的意义。

西川 15 岁时自制的《李太白研究》，
书匣材料为纸板箱，
内容为自己手抄的从不同地方找到的
关于对李白诗歌的解读。

开　花

你若要开花就按照我的节奏来
一秒钟闭眼两秒钟呼吸三秒钟静默然后开出来

开花就是解放开花就是革命
一个宇宙的诞生不始于一次爆炸而始于一次开花

你若快乐就在清晨开呀开出隐着血管的花朵

你若忧愁就开放于傍晚因为落日鼓励放松和走神

或者就在忧愁里开放苦中作乐
就在沮丧、恐惧和胆怯里开放见缝插针

心有余悸时逆势开放你就释放出了你对另一个你的
　　狂想

而假如你已开过花且不止一朵
你就退回青涩重新开放按照我的节奏来

我以滴水的节奏为节奏
因为水滴碰水滴是江河的源头

再过分一点儿再过分一点儿水滴和水滴就能碰出汪
洋大海

你得相信大海有一颗蓝色的心脏那庞大的花朵啊伟
大的花朵

所以我命令你开花就是请求你开花
我低声下气地劝你

若你让我跪下我就跪下哪怕你是株狗尾巴草

开出一朵梨花倘若你脖颈凉爽
开出一朵桃花倘若你后背因温暖的阳光而发痒

但倘若你犹豫
倘若你犹豫该不该开花那就听我的听我的先探出一
片花瓣来

然后探出两瓣然后探出四瓣

三瓣五瓣是大自然的几何

>>>

但你若愿意你就探出五十瓣五十万瓣这就叫盛开

而倘若你羞于盛开
你就躲在墙根里开放吧
开放到冰心奶奶告别她文艺青年多愁善感的小情调

而倘若你胆小
你就躲到篱笆后面开放吧
让陶渊明爷爷看到你就像看到今天被狂人暴发户炸
碎的南山

蚯蚓在等待

连苍蝇都变得更绿了更符合大地的想象了
连五音不全的燕子都歌唱了这使得王侯将相也有了
心情不错的时候

他们在心情不错的时候也愿意珍惜他人的小命
甚至承认自己的命也是小命

而我要你开花
就是要你在心情糟糕的时候牢记小命也是命啊也是
　　自然也是道

开花
用你的根茎发动大地深处的泉水

在你和你的邻居闹别扭之后
在你和你的大叔小姨拍桌子瞪眼突然无所适从的
　　时候

你就开花换个活法

老二老三老四脱了鞋子他们准备跳舞
老五老六老七眼冒金星他们准备号叫

开呀

尽管俗气地来吧尽管下流地来
按照我的节奏来你就会开出喜悦的花朵

>>>

有了喜悦你便不致只能截取诗意中最温和的部分
你便不致躲避你命中的大光亮

开花就是在深刻的静默之后开口说话呀呀废话说给
另一朵深刻的花

不满意的人以为世界是个聋子
你扯嗓子谩骂不如开花
而开花就是让聋子和瞎子听见和看见

并且学习沉醉

开出野蛮的花开出让人受不了的花
开得邪门没道理没逻辑

像一百万平方公里的沙漠上大雨倾盆而下

开得异想天开倘若连天都开了那绝对是为了让你恣
意地开放

开到狂喜呀从死亡的山谷从废弃的村庄
从城市的地缝从中心广场

中心广场上全是人呐
中心广场附近的胡同里全是沉默的牛羊

你去晚霞里逮一只羊吧分享它的好心肠
你去垃圾堆上逮一头猪吧摸摸它跳动的心脏

三千头猪个个鬃插花朵看谁敢把它们赶向屠宰场
九千只羊跳下山崖因为领头羊想死在山崖下面的花
床上

开花呀孔子对颜回说
开花呀梁山伯对祝英台说

在三月在五月在雾霾的北京石家庄太原开封和洛阳
开花呀欧阳江河对他的新女友说

开出豹子盘卧树荫的姿态
开出老虎游荡于玻璃、水泥和钢铁之林的大感想

开花是冒险的游戏
是幸福找到身体的开口黑暗的地下水找到出路

>>>

大狗小狗在二百五十个村庄里齐声吠叫就是你开花
的时候

你开放
你就是勇敢的花朵勇敢在无聊打斗和奔窜里
你就是大慈大悲的花朵大慈大悲在房倒屋塌的灾
难里

若石头不让你开放你就砸开它吧
它心房里定有小花一朵

若绳索不让你开放你就染红它吧
直到它僵硬然后绷断

你开呀你狠狠地开呀你轰隆隆地开呀

你开放我就坐起来站起来跳起来飞起来
我摇铃打鼓我大声喘气你也可以不按我的节奏来

你开到高空我就架个梯子扑上去

若你开得太高我就造架飞机飞上去

我要朗读你的呓语
我要见证你的乳头开花肚脐也开花脚趾也开花

我要闻到甚至吞噬你浩瀚的芳魂

我要跟你一起喊：幸福

是工地上汗毛孔的幸福集市上臭脚丫子的幸福
抽搐的瑟瑟发抖的幸福不幸福也幸福的他妈的大汗淋漓的幸福

所以你必须开花迎着我的絮叨

开一朵不够开三千朵
开三千朵不够开十万八千朵

开遍三千大千世界
将那些拒绝开花的畜生吊起来抽打

开花

>>>

当蚂蚁运送着甜就像风运送着种子
当高天行云运送着万吨大水就像黑暗中的猫头鹰运送着沉睡

群星望着你你也望着它们
你看不过来它们的闪烁就像它们看不过来你的丰盛

星宿一上修计算机的少年说开花
星宿二上骑鸵鸟的少年说开花

你听到了

月亮的背面有人开灯
哈雷彗星上有人噼啪鼓掌

开灯的人在乱七八糟的抽屉里找到他的万花筒
鼓掌的人一直鼓掌直到望见太空里灿烂旋转的曼陀罗

而你在花蕊的中央继续开呀
就像有人从头顶再生出一颗头颅

但倘若你犹豫
倘若你犹豫该不该开花那就听我的听我的先探出一片花瓣来

然后探出两瓣然后探出四瓣

三瓣五瓣是大自然的几何

但你若愿意你就探出五十瓣五十万瓣这就叫盛开

你就傻傻地开呀
你就大大咧咧地开呀开出你的奇迹来

2014年6月3日

西川 1982 年在北大美术社时的作品

古体诗十三首 *

戏为遛狗诗

吱哇乱叫大番狗，开门冲下五层楼。
为避警察违规问，走向花园最尽头。
花园尽头荒凉地，秋风起处野猫立；
黄草黄叶知日暖，我得自由狗如意。

2010年12月5日

宿明德隐士舍赠主人

朝辞波士顿，暮宿青山州。
御风七百里，得上雪中楼。
楼小天地阔，明德隐士留。
闲坐门廊上，偶见大熊游。

2013年3月

镇江南山招隐寺与格非等同吊昭明太子，用新韵

其一

千山看罢入南山，碧堆南山万寿颜。
体道修竹协韵籁，通空残寺待高贤。
英雄过客偶交手，大雅流风恒寂传。
东海长江祭者小，昭明太子一叹然。

其二

昭明太子读书处，鸟作新啼终如故。
夜半犹闻虎刨泉，春来无觅僧行路。
煮茶不免思隐者，赋诗岂堪入流俗。
我共江山读太子，守心或即守灯烛。

其三

灯烛未灭惜君盲，听风听雨尽宫商。
阶上刘勰发警语，空中诸子怀永伤。
今我所读君先读，今我所憎君先忘。
南山木石识见多，古人应作故人样。

2016 年 3 月 31 日

2016年中央美术学院毕业季庆典献辞

夏景良辰，青春列呈。
我思萌动，风云即生。
少年怀远，师尊怀仁。
承前创想，央美发声。
精微尽之，广大致之。
万物皆备，万法当穷。
腾天潜泉，行者同心。
乘运跃鳞，大作乃成。

2016年6月

登绵阳重建龟山越王楼

霸日偏城帝子楼，几回倾覆几回修？
旧我登空新我悠，新我临风辨旧州。
开元电厂争出头，东方红桥滞车流。
烂汉胸襟遗白鸥，脏唐高度见青丘。
当年越王逆天谋，点火传檄遽折钩。
幸蜀明皇悲亦讴，从此神仙不自由。
龙藏虎逝猿啸收。贩夫鼓舌即春秋。
酒疯骂座拟王侯，书生千问破心囚。

>>>

应知剑阁用已休，绵阳金花射眼眸。
谁人但做大荒游？复梦龟山魂可投。
可怜龟山小含羞，步幽毋结百世愁。
一入市廛一晕舟，涪水苍苍无暂留。

2017 年 4 月 19 日

青城山过天然图画阻雨，继访常道观

蝉虫知雨连声作，贩妇嘈嘈呼雨落。
滚雷摇木杜叟咳，唯我不是归程雀。
团雾急瀑下碧山，贤愚蜀国荡炎虐。
丹梯近幽磨万年，丹砂此际见魂魄。
记事碑石覆青苔，苔滑阁瓦神仙跃。
挽裤道士步廊亭，庭中铁桐传寂寞。
狗走积水猫出檐，三十六峰看人错。
古常道观坐老君，天姑引路登寥廓。

2018 年 7 月 26 日，夜宿常道观

宿常道观无眠起作

无星知云翳，无梦怪夜长。
庭廊三五步，市井百千伤。

风雨四山老，神明一殿光。
澄怀化羽地，万籁可嚣张。

2018 年 7 月 27 日

登巫山最高峰

冲身破雾最高台，神女襄王安在哉！
江入夔门山鬼看，云迷巫岭宋玉哀。
断崖猿虎歌逊遁，飞火林泉影徘徊。
蜀楚魂才应不远，飘天灵雨岂无猜。

2018 年 7 月 31 日，自奉节至宜昌船上

奉节古夔州二日

长夏山拥翠，正午鬼闭门。
磊磊石生寂，炎炎汗下痕。
云破雷欺虎，雨收雾噬人。
连岑凭指点，故物尽横陈。
落日唐城没，晨星白帝存。
江陵重逢宴，夔府别离樽。
孤鸟极天道，鸣蝉断路村。
中锋凿立壁，逝者尚余恩。

>>>

曾游多级岸，渺忆半街蚊。
肯将罢吟咏？谁复起斯文？
鱼潜恩仇弃，船驱素浪分。
水涨高峡殿，思飞滟滪坟。
身向沧桑瘦，诗归古墨纯。
久矣王孙灭，依旧大江奔。

2018 年 8 月 5 日

木皮岭

履迹木皮岭，来沾杜子尘。
避乱达诗圣，杜子何艰辛。
荒林掩道废，贱草出花贫。
乾元橡栗日，百兽贵为邻。
厌山仍走走，小丘亦嵚崟。
天玄哭病马，地僻裂单衾。
怀旧陇南月，思乡洛市音。
贤者嘲客死，长啸起孤禽。
故貌层峦列，泥途新渡临。
迩来千岁冷，读命一推心。

2018 年 9 月 9 日

金刀比罗宫遇雨

羞当街市扮虫龙，巡径林岚便从容。
鹤舞猿飞厅堂壁，苔滑石硬狐鼠踪。
不通秘语通秘响，未见古人见古松。
雨落空庭神在否？灯明鼓寂到年冬。

2019 年 1 月 6 日

奈良拜谒唐招提寺[1]

雨落平城墟，路向招提寺。
钜迹天下古，三百又千年。
怀远到门头，皇匾悬淡素。
一入招提寺，便是天宝人。
繁华与战伐，隔云隔海无。
隔云思净土，隔海忆扬州。
冷暖证枯荣，乾坤有是境。
唐佛唐殿中，律戒安世永。
渡海盲师犹在：坐像经堂墓冢。

2019 年 1 月 7 日

① 本诗形式模仿佛家诗偈，不押韵。——西川自注

疫期新韵仿古诗十九首赠同好

升平转鼠岁，戛然事不对。
武汉竟封城，春节遇冥晦。
既无酒精藏，亦无口罩备。
病狗走空街，十梦非好睡。
避人求身安，避世何心愧。
洗手念中华，闭门增智慧。
细品落雪轻，天道知可畏。
续茶过疫期，呼号荡烟肺。
忽闻文亮没，仁星岂空坠。
又闻南山期，真言堪回味。
谣言蔽日狂，乱言一腔怼。
雄言起欢娱，疯言即自毁。
清晨问东门，葱姜贵不贵？
归取蒙尘书，百代积幽邃。
逸岭行白云，千村拒鬼魅。
拒鬼先识人，人和扫污秽。
已憋双月足，情怜医警累。
鱼鳖不罪己，期期望祥瑞。

2020 年 2 月 29 日

*

清华在读到我的《镇江南山招隐寺与格非等同吊昭明太子，用新韵》后曾建议我在某一本诗集的后面附一卷我的古体诗。现在我就这样做了。

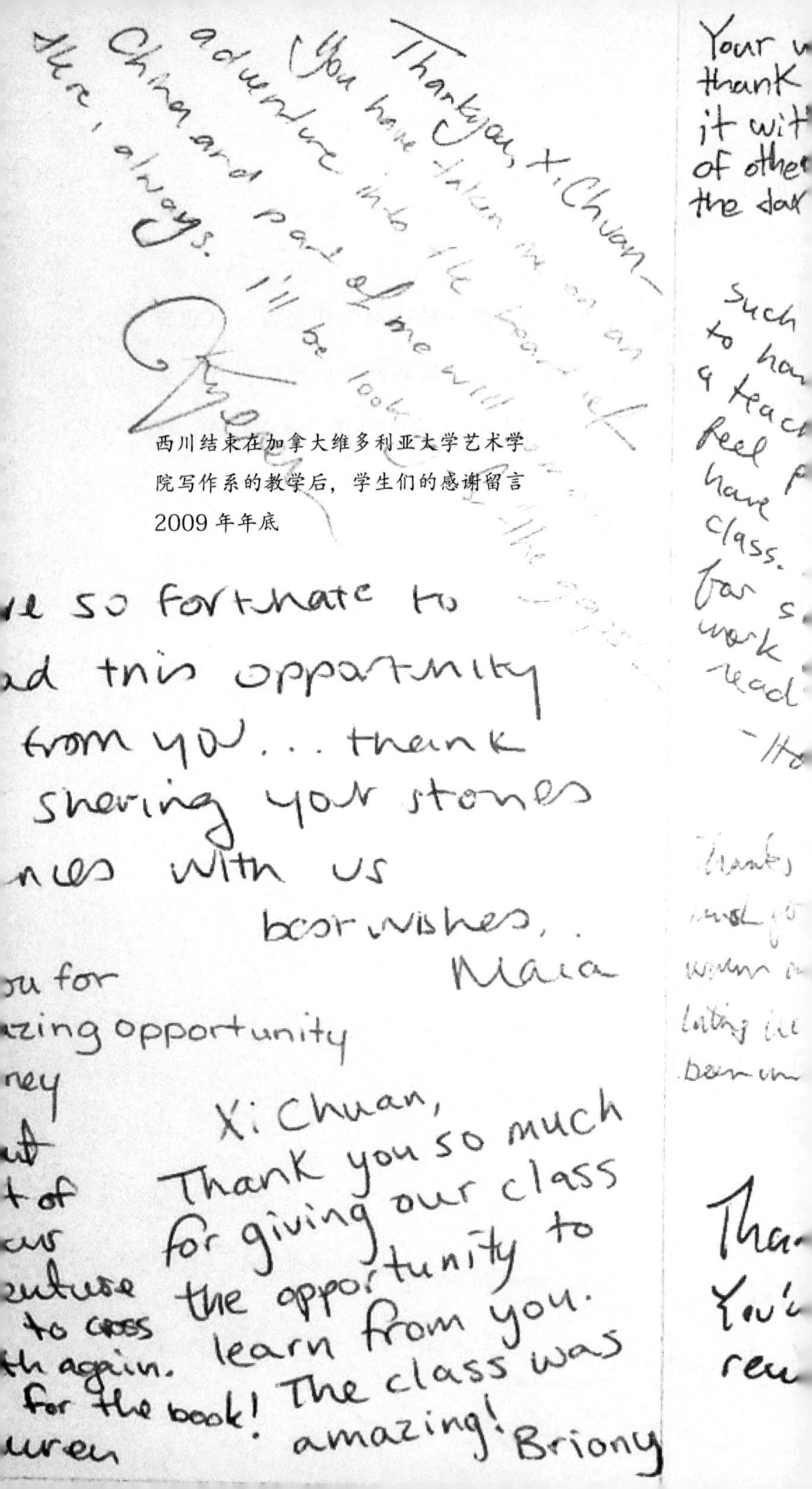

西川结束在加拿大维多利亚大学艺术学院写作系的教学后，学生们的感谢留言 2009 年年底

...s needed here,
...uch for sharing
...s good to know
something of
we share.
...ishes,
...olin

Thank you for the
tour-de-force of
special topics classes
Excellent. -Zack

A ver...
uniq...
I ...
a ...
you...

...has opened me to a China I've been trying to access ... a China, until now, I could never quite reach. You've reminded me that the strongest vampires embody such hu... and grace. Than...
-Fabien

...when I was a child, living in Beijing

Xi Chuan!
(Liu Jun!)

...e
...s
...to
...your
...k you
...ow

learn... about ... close ...

| 叁 |

Thank-...
class! Yo...
generosity...
a pleasu...
appreciate...
Sincer...

...our generosity in
& sharing your
knowledge, ideas
and feelings was
a gift. I feel very
lucky to have had
this experience. I look
forward to reading
more of your poetry!
All best wishes,
Donna Kanc

...ecisme a
...in[illegible]

Xi Chuan,
see you in
Beijing!
— Michael

I enjoye...
thank...

...an inspiring class!
...ith so much to
...hink about.
Chris Felling

Thanks for the interesti...

答吕布布问：作为读者，作为译者

吕布布（以下简称吕）：西川先生您好，很高兴能在这里采访到您，您的诗文是我们年轻一代耳熟能详的。记得您曾经说过：我生活在国内，我最大的感受不是流亡，是尴尬。我们知道在20世纪多个大诗人都有着流亡生涯，想必您对这些事件也了如指掌。“流亡”对一个诗人来说意味着什么？这里是否能够造成一种写作风格的转变？而您说的尴尬又具体是指什么？

西川（以下简称西）：“流亡”是一个现代话题。但丁也曾被佛罗伦萨流放，并且终身不得返回佛罗伦萨，但我们几乎不曾看到有人从流亡的角度谈论但丁的《神曲》。

在20世纪西方的文学主题和文学经验中，流亡的确占有一个显眼的位置。但我想所谓流亡，如果从经验的角度看，又可区分为主动的流亡和被动的流亡；如果从精神的角度看，又可区分为身体的流亡和内心的流亡。你看你一下踩进了一个概念的大泥塘。“二战”之前，美国一些人，比如庞德、艾略特等，跑到欧洲，那是主动的自我流放。“二战”期间，法国的圣－琼·佩斯、德国的托马斯·曼跑到美国，那是被迫的流亡。但今天我们说到流亡，好像更多想到的是“二战”以后的作家、诗人、艺术家。布罗茨基是流亡的，米沃什是流亡的，策兰是流亡的。这三个人的流亡都与政治有关，其中，前两者涉及社会主义、斯大林主义、冷战、专制政治等，后者涉及法西斯、异乡人的语言、孤独感与文明的死亡等。从这三个人的例子可以看出，20世纪后半叶的流亡主要是政治历史的产物，由此刺激出新的文学意识形态和文学语言。

流亡，就是成为异乡人，就是不认同某一范围之内的主流文化与政治制度或话语，就是以献出自身为代价反抗现行体制，就是疏离感和孤独感的表达，而这种疏离感和孤独感，往往加深了流亡者对于存在的理解。而流亡行动本身则凸显了造就“流亡”之原因的不可抹去。从世界范围看，“二战”以后的文学艺术较之前的文学艺术有一个更加显著的特点，即其历史指涉得到加强。更具体一点说，就是政治指涉成为文学艺术的重要品质；而推动政治指涉的是一种真正的知识分子精神。我对多数流亡者怀着同情、理解和敬意。看看我写的《访北岛于美国伊力诺伊州伯洛伊特小镇》这首诗，你就会知道我对流亡的态度。“流亡”不仅仅是一个词，而且是一种需要付出代价、牺牲的行动。

但“流亡”这个话题被引入中国后会变得很复杂，因为中国的历史现实与欧美的历史现实存在一些差别，有时甚至是一种很大的差别。在流亡之举的背后，我们看到的是一种现代政治中的自由主义和个人主义的价值观。而关于自由主义、个人主义又涉及基督教、自由观念的历史来源、资本主义制度，以及欧美资本主义的新资本主义化，此外还有印度、拉美的资本主义问题。伊斯兰世界也有流亡作家、艺术家，但这些流亡者多多少少都是接受了欧美的普世价值。对不起，这成了做政治哲学答卷。但这个答卷我甚至可以更复杂地完成：去年 12 月我第三次访问印度。在孟买，我同几个朋友包括一位印度实验电影导演，讨论到印度、美国和中国的政治话语结构的不同。印度的政治话语是围绕种姓制度展开的，阶级问题被掩盖在种姓问题之下，所以尽管印度的贫富差距比中国的贫富差距还要大，但印度社会对贫富差距的承受力似乎强于中国。美国的政治话语是围绕身份问题展开的，所以美国人特别在乎人权、言论自由等（不是说这对于中国人不重要）。这一话语结构影响到全世界，成为所谓的普世价值。而中国的政治话语结构是围绕阶级展开的。相对于人权问题、自由问题，普通中国人对不平等更敏感。普通中国人的维权意识更多是对不平等的反抗，而不是对实现身份的追求，尽管如果你认死理儿，也能从其中体味出对“尊严”的谋取。这是一种戴上了普世价值面具的、民粹主义的、平均主义的、共产主义的，甚至大同世界的政治遗产。

在当今世界上，“流亡”被赋予了政治正确的标签。作为一个民主集中制国家的艺术家，你不流亡，你的艺术身份似乎就值得怀疑。2009 年在加拿大温哥华作家读者节上，我曾与两位来自东欧的儿童文学作家聊天（我约略记得其中一位来自罗马尼亚，另一位来自保加利亚。由于历史原因，一些东欧文化人比我们对极权更敏感）。聊着聊着，两位忽然问我从哪儿来：纽约？伦敦？我告诉他们我来自北京，他们忽然没了话，因为显然我不是流亡的中国作家。而在他们看来，我这非流亡作家的身份与官方作家的身份已经相差不远了。尴尬了一会儿，两个人转身跟别人聊天去了。

在我看来，中国当下的所有问题，包括政治问题，可以被纳入“现代性”问题来讨论：一百多年来，中国人对“现代性”的追索是被动的而不是主动的。在历史条件、地理条件、外部环境等因素的共同作用下，中国人的种种实践倾向于紧张和严峻，缺乏包含退路、游离的空间感。所以这被动行为产生的问题不同于主动行为产生的问题。当整个社会被动地追索现代性，置身其中的人便会产生种种不适应。他会觉得无比尴尬：社会政治实践与经济实践接不上茬；政治、经济实践与古老的道德法则接不上茬；古老的道德法则与社会文化样貌接不上茬；文化样貌与我们内心所理解的文化接不上茬；我们内心的文化观所塑造出来的我们自认的文化身份与社会对这种文化身份的接受接不上茬。于是，我们一方面愤怒于竖子横行，另一方面又深感无力，同时对有些人甚至是一些朋友的高调主张，觉得好听而不在理，在理而不现实，缺乏对中国历史现实的深入理解。而置身于国家与种种意见之间，你时常感受到一种特有的“两头蠢”。这一切造就了我所说的尴尬。

中华文明不是基督教文明（尽管你在这样一个环境中可以成为一个基督徒）。你流亡不能解决任何问题，连你自己的问题也解决不了，只剩下一种不辨方向的瞎子一般的道德持守。而撼动现实，又是需要巨大的智慧、耐心与毅力的，需要你找到可行的方法。但最终，很遗憾，常常毫无结果。我得说，我们的现实其实一直在改变，但不一定朝着我们期望的方向（历史有它自身的逻辑）。在我们针对特定现实似乎找到了撼动它的方法之际，现实本身已经转向了。我们写作，力图发现新的思维方式，但我们新的思维方式也许会遭到另一种新的思维方式（比如网络思维，我听朋友说，网络上好玩得很）的不屑一顾。在这种情况下，我们内心的尴尬很是折磨人。感觉太强烈的时候你就会理解鲁迅当年的精神挣扎。精神挣扎所产出的语言和写作与没有精神挣扎所产出的语言和写作能一样吗？日本思想家竹内好就是从探讨鲁迅面对被迫现代性时的内心挣扎来认识鲁迅的。他甚至以这样一种方式来认识日本，认识亚洲。

吕：米沃什也有着尴尬的流亡生涯，他从波兰驻法国大使馆出逃到了美国，有那么几年您翻译的《米沃什词典》是我的枕边书之一。米沃什自称“是一个亲欧主义者”。他曾经讲过用法语说一句话，可以将这句话说得清清楚楚，但是用波兰语讲出来反而会含糊许多。他也说过不喜欢法语诗歌的清晰性，这里的清晰和含糊伤害了和增加了诗歌的什么效果？

西：在波兰的诗人圈中，最令我心仪的是日比格涅夫·赫伯特。我喜欢他的现代寓言和语言上的不假修饰、他的平静、他的智慧、他的深邃，以及他与现实生活的经过处理的关系；我敬佩他在诗歌中表现出来的对于历史的承担精神。但我国对赫伯特的介绍很少，看来是因为他没有得过诺贝尔奖。文化势利眼于此可见。

当然米沃什也是伟大的作家。在我翻译他之前就读过不少他的作品。按照加拿大温哥华诗人兼极简主义电影导演帕特里克·弗里森的说法：米沃什越到晚年诗写得越好。不过我翻译米沃什的作品却是由于出版社的约稿。出版社编辑认为，只有我能够翻译米沃什的这本以词条为形式写成的自传——诗人的散文最好由诗人来翻译。当时我相当忙乱，接下这个任务后觉得工作量太大，需要占去的时间太多，便约同北塔与我一起翻译。我以前听他说过英语，觉得他译书应该没有问题。这本《米沃什词典》花了我很大力气，我译起来感到吃力。主要是不太了解波兰的历史，而且对波兰语一无所知。

翻译的过程肯定也是学习的过程。在这一过程中，我理解了米沃什为什么是一个亲欧主义者（即使德国法西斯认为波兰是“世界的阴沟”），也了解到东欧的所谓社会主义不完全等同于中国的“社会主义”。这一点后来我在波兰团结工会理论家亚当·米奇尼克（他深受赫伯特和米沃什的影响）的谈话中得到证实：2010 年 7 月米奇尼克来中国访问，谈到东欧共产党是俄罗斯人强加给他们的——这恐怕与中国的情况不同。一种强加的政治现实肯定令许多波兰人或者东欧人感到耻辱。

米沃什表达过他的耻辱意识。我在《米沃什的另一个欧洲》那篇文章中引述到他的诗歌《装满镜子的画廊》：“在帝国的阴影里，穿着古老斯拉夫人的长内裤，/ 你最好学会喜欢你的羞耻因为它会跟你在一起。/……/ 你时刻受到屈辱，憎恨外国人。”他的这种耻辱感又与他对波兰语的感受混合在一起。在《没有名字的城市》这组诗的终篇《我忠实的母语》中，米沃什感慨道：“因为你是低贱者的、无理智者的 / 语言，他们憎恨自己 / 甚至超过憎恨其他民族；/ 是一种告密者的语言，/ 是一种因自己天真/而患病的糊涂人的语言。”——这大概不是我们对于中文的认识吧。迄今为止我还没有见过任何中国人像米沃什定位波兰语那样定位我们的中文。不论我们中间有人多么不认同我们的生活和文化，但对我们的母语依然不敢造次，而其基本语言姿态来自“语言是我们存在的家”之类的大名言。在我引的这两首诗中，你会发现波兰人又憎恨外国人又憎恨自己。这也许是诗人的夸张，但至少是米沃什感受到的东西。

我本人对于中文——包括古汉语和现代汉语——的认识已经写在我的论文《汉语作为有邻语言》中。我们最好不把米沃什对波兰语和法语进行比较所得出的观点直接拿过来生套在中文头上。在中文语境中，或许讨论一下近年来我们语言的粗痞化以及与之对立的精致化的问题会更有意思。我们语言的粗痞化肯定不仅仅是一个语言问题，它也是当代中国政治生活、经济生活、道德生活作用于语言的问题。在《汉语作为有邻语言》一文中，我讨论了不同语言的句子长度、复句结构的有无、顿悟与逻辑推理等问题，进而谈到中文与西方语言的“真理观”的不同，但没有覆盖现代汉语与现当代中国历史生活的互动关系。现代汉语比古汉语清晰得多（因为现代汉语更加实用，而且不得不处理所谓科学），但这又涉及翻译对现代汉语的影响，特别是马克思列宁主义著作的翻译对现代汉语的影响。无视这些影响，只纠缠于一些对汉语的传统大路货的认识，以及不假思索地把波兰人或者法国人或者美国人的问题当成我们自己的问题，这样的情况该结束了！至少我们应该警惕这样一种把什么都混为一谈的思维方式。

清晰和含糊各有好处，而含糊又分讲不清的含糊和富含歧义的含糊。在国内诗人的写作中，我也看到糟糕的翻译带来的坏影响——原文可能很清晰，但被翻译得语义不明，这可能令某些不懂外文又喜好学习的诗人以为，那也是一种写法！作为诗艺的模糊和失败表达的含糊从来都不是一回事。我做翻译，对这种不同十分敏感。应该警惕“含糊”作为失败表达的借口。

回到你说的“清晰 / 含糊”，我可以给出一点我的想法。但我想把它们置换为“直接”与“繁复”这两个不完全对接的概念。博尔赫斯在他的谈话录中曾经表示过：越到后来他的诗歌写得越直截了当。他反对巴洛克式的繁复修辞。但我想，繁复，也不仅是一个修辞问题，它也可以是结构问题、象征问题等。我尽量避免仅仅是修辞意义上的繁复。我在《穆旦问题》和《抹不去的焦虑》等文章中批评过穆旦、卞之琳等人的所谓的“繁复”。我认为他们都不是真正具有复杂思维的人，而仅仅具有风格意义上的、修辞层面上的“繁复”；对我来讲，这意义不大，不论你是哪一宗哪一路的“现代派”。有一段时间“繁复”成了部分中国诗人和诗歌批评家醉心的东西，但没有复杂艰深思想的人玩不转“繁复”（充其量只是被夸张为“艺术”的饶舌）。而当下一些诗人反对“繁复”，走向另一个极端，即将语言完全等同于吃喝玩乐，这虽然有趣，但肯定有碍于真正的艺术创造力的展开。

在任何大诗人的作品中都有透明的部分和不透

明的部分，这不透明的部分比复杂更复杂，比隐晦更隐晦，比独在更独在，有时甚至完全拒绝分析，与此同时，又表现得准确无误。但它们也有异常清晰的时刻，仿佛旭日喷薄而出。中国当下的诗人们对这些东西体会不深。我想，在当下，在玩过了种种现代主义和后现代主义的文学戏法之后，面对这样一个转折和问题如山的时代以及这样一个时代中的“我”，直截了当应该成为一种重要的写作品质。这是对种种既定文学、文化、思想、政治概念的不屑一顾。但直截了当不是浅薄的同义语，不是网络要宝要横逗闷子（那是另一个行当的行为模式）。近年来，有不少时候，我都是直截了当的，我从一个封闭的“专业”诗人渐渐变成了一个开放的“业余”诗人，与此同时，我要求自己保持一种充满问题意识的复杂性。

吕：20世纪的波兰大诗人就有申博尔斯卡、米沃什、扎加耶夫斯基、赫伯特等几位。波兰是小语种，何以会同时间出产这么多大诗人？这种现象在希腊语、意大利语中也存在，请西川先生谈谈这个问题。

西：首先我想给你泼点冷水：别太天真——波兰这么多诗人为我们所知并不仅仅是因为他们写得好。当然他们写得的确好，但除此之外，他们的宣传工作做得也好。在美国，米沃什、布罗茨基、扎加耶夫斯基等人是一个抱得很紧的、在文化上颇有势力的小圈子。属于这个小圈子但不一定常住美国的还有温茨洛瓦等。已经不会说塞尔维亚语的祖籍塞尔维亚的美国诗人查尔斯·希密克，还有来自加勒比海的沃尔科特都与这个小圈子很接近。这个主要由东欧、俄罗斯人构成的小圈子能量巨大。他们主要的出版机构是ECCO出版社。这个小圈子里的人相互扶持，让人羡慕。他们的确做了很多事：编选集、出版、翻译、做评论、讲学、发表政治见解、声援世界各地的异见人物等。2000年我曾在德国柏林的《写作国际》杂志编辑部读到米沃什、苏珊·桑塔格等人声援中国某异议分子的信。我告诉该杂志总编，他们对这位中国人的称呼是错误的，就像把“西先生”称呼成了“川先生”。

由于这个小圈子里的好几个人都得过诺贝尔奖，我们对他们就熟悉起来。加上他们中间的多数人都有过社会主义经验（冷战的一部分），我们对他们便格外关注。米沃什本人很注意在国际上宣传波兰诗人。在他编选的国际诗选《明亮事物之书》中，他给了波兰诗人约五分之一的篇幅（剩下的篇幅，法国人、美国人、中国古代人各占五分之一，还有五分之一的篇幅由全世界其他地方的诗人们共享）。关于这本诗选我写过一篇名为《米沃什与中国古典诗歌》的书评。《读书》杂志在 2007 年 1 月发表该文时将题目改成了《米沃什的错位》，然后我在网上读到某人对我的批评：“不悔自己无见识，却将丑语怪他人。”

相较于英语、法语、西班牙语、俄语、汉语、阿拉伯语，波兰语的确是个小语种。但波兰人自己可不觉得自己小。《米沃什词典》中说得很清楚，在近现代波兰，一直存在着一种“波兰中心主义”。这一点都不奇怪。连只有 800 万人口的塞尔维亚也有一种“大塞尔维亚主义”。

下面说点波兰人的好话。

我其实非常热爱波兰文化。密茨凯维支的一些描述克里米亚的十四行诗令我沉醉。我曾经如饥似渴地阅读显克微支的长篇小说《君去何方》。波兰民族就人口来说虽然不大，但其文化关怀相当绵厚。波兰语属于斯拉夫语系，但波兰人的文化骄傲又长期处于俄罗斯人的威胁之下。波兰历史上曾反复受到外族入侵，其版图变来变去。这些情况都对波兰人的文化意识产生了影响。无论是米沃什还是赫伯特，还是申博尔斯卡，都有一种对巴尔干现实的深切关注。他们的诗歌语言和文化意识，深深植根于他们的社会、历史、政治现实。波兰人让我相信，一种文学语言，完全可以从一种社会现实中生长出来。无论你从别人那里学来了什么，都不能替代你的现实感。

有时，我甚至觉得，写得多好都没有写出你自己的东西更重要，而写出了自己东西的人，一定是能够从他 / 她的生活本身发现语言的人。（这种作为艺术家对于原创性的需要，甚至影响到我对其他一些问题，包括政治问题的看法。）我相信我们中国会有这样的诗人产生——或许已经产生了。就像骆一禾说昌耀那样：“民族的大诗人从我们面前走过，可我们却没有认出他来。”真够讽刺的。

你提到的希腊诗人、意大利诗人的情况与波兰诗人的情况稍有不同。后两者没有前者的社会主义经验，这两个国家的诗人对于存在与政治的探讨没有波兰人深入。意大利和希腊都是南欧，但意大利与西欧更接近，而希腊（当代）在欧洲的身份更边缘一些。我们知道的希腊诗人有塞弗里斯、埃利蒂斯、里索斯，还有也写诗的小说家卡赞扎基斯等。我个人也认识个把希腊诗人，比如阿纳斯塔西斯·维斯托尼斯提斯。里索斯是个共产党员，深入当代生活，而塞弗里斯和埃利蒂斯则有一种接续古希腊文明的意思（尽管方式不同）。但现当代希腊与古希腊不完全是一回事（从语言到民族，据希腊作家尼克·帕潘德里欧）。于是我们看到不完全是古希腊人的希腊人在努力接续古希腊，这其中意味多多，值得我们认真体味，说不定能发现一些有价值的东西。

吕：除了米沃什，我也喜爱您翻译的博尔赫斯。博尔赫斯在他的《谈艺录》里面讲过他对斯堪的纳维亚语汇的吸收。美国诗人盖瑞·施耐德深受中国古典文化和日本俳句的影响，甚至扎加耶夫斯基也写过《中国诗》，这种吸收外来语汇和对外国文学的借用所造成的陌生性使诗歌既变得艰涩难懂，又增加了阅读趣味。西川先生如何看待这把“双刃剑”？

西：你问的都是大问题，很难一句话两句话回答清楚。博尔赫斯用西班牙语写英语，有他家族的原因，好像他的祖辈与英国的诺森伯兰有些关系。博尔赫斯从现代英语进入古英语，进入盎格鲁－撒克逊语，然后从那里进入北欧斯堪的纳维亚神话。那里面有一条线索。博尔赫斯是一个寻找源头的人，好像一旦能够找到事物或者语言的源头，他就能解开宇宙之谜（例如其小说《阿莱夫》）。博尔赫斯是一个真正的爱智者，这样的人在中国根本就不存在。博尔赫斯虽然是阿根廷作家，但从大文化的背景看，他依然是西方作家。对西方作家来说，文学中的民族主义并没有像曾经受到压迫或殖民的中国人、印度人看得这么重。博尔赫斯说："莎士比亚不是典型的英语作家，塞万提斯不是典型的西班牙语作家，雨果不是典型的法语作家。"——如果我要说李白不是典型的唐代中国诗人，那我一定得事先准备好被人打得鼻青脸肿。

自欧洲启蒙主义运动以来，世界主义既已被欧洲文化人甚至老百姓所接受。但这不是中国的情况。在我们神气的时候我们蔑视蛮夷；在我们不神气的时候我们要么全盘西化，要么抱残守缺；在我们神气得不上不下的时候我们都成了文化上的民族主义者。太逗了！"越是民族的越是世界的"这句老生常谈只属于劣势文化——如果你觉得中国文化是强势文化，那就别说这句老生常谈。民族文化当然重要，还用说吗？这是我们的根。但以一种敞开的心态面对世界文化至少是健康的心态。我热爱中国古代文化。我认为中国古代文化是强势文化，所以我从不说“越是民族的越是世界的”。想在世界上成功，写出属于你自己的东西最重要。写成博尔赫斯那样也不成。成为博尔赫斯第二其实也没什么意思。

如果说博尔赫斯是自然而然地接受了其他文化的影响，那么盖瑞·施耐德可能有点儿不同。在施耐德早期，他天生对身边的印第安文化感兴趣；他又接触到亚洲文化，特别是佛教文化。但是后来，他有了批判和反抗的对象，也就是说他对不同于盎格鲁－法兰克文化的其他文化有了一种有意识的借鉴。所以有美国批评家指出，施耐德针对美国的现实生活发明了一种新的宗教、新的诗歌、新的语言。在我翻译的盖瑞·施耐德诗选《水面波纹》这本书中，收入了许多他以日本、中国、印度为题材的诗篇；而他在《词篓之妇》这首诗中表达过他对西方文明的厌倦：“但我们的书写 / 老套而无关痛痒，而语言 / 是别处土地上什么部落与古老战争的 / 糖渍果盘。”

向外国文化学习首先是你得有这样的需要。在任何时候，都是有正就有反。“五四”时期一边是文化新人，一边就有学衡派。学习外国也是为了解决自己的难题，而不是变成一个外国人。中国的事情好玩：有些人穿着牛仔裤，喝着红酒、咖啡，但就是反对你“与外国接轨”！——当然，他们的反对也并不全错，因为中国是一个文化大国，文化大国在世界上的责任之一就是向世界提供价值观。

至于你提到的“陌生”和“艰涩”，要看你想追求什么样的读者。你要想追求大众读者的叫好、吹口哨，你就写人民群众喜闻乐见的作品吧。但有点残酷的是，人民群众说不定喜欢的是资产阶级少爷。人民群众就喜欢资产阶级少爷，这是事实。你那种假设的人民大众其实还是小众。明白了这一点，艰涩就艰涩吧，直到你自己有了一种追求，就像后期的博尔赫斯，忽然有了一种对直截了当的需要，也就是说，对艰涩本身感到厌倦了。在美国，有一些诗人写一种叫作“困难诗”（difficult poetry）的东西。这在中国不能想象。中国人已经向着顺口溜一路下滑了。这不仅是诗歌的问题，还是社会方方面面的问题在诗歌和语言上的汇总。看看这个有趣的情景：你这也不痛快那也不痛快，但你其实是这种种不痛快的一部分。我只好说：其实你是喜欢在粪便里游泳！我吸血鬼的幽默感允许我享受那些聪明的、没有难度的、逗趣的、口语的、傻呵呵的、打动人心的好句子、好词，与此同时我也知道这世界上的诗歌千奇百怪、千姿百态。

我从来不曾从陌生化、艰涩、阅读趣味等角度考虑过对于外国文化的借鉴。这些东西都属于风格范畴。我的写作早就超越了风格范畴。我希望我能处理一些根本性的东西：现实的、历史的、思想的。我曾应约给印度的《准岛屿》（*Almost Island*）网刊写过一篇英文文章《风格作为一种奖赏》（*Style Comes as a Reward*），你在网上可以搜到。在这篇文章的开头我就说到，我们几乎不会从风格的角度讨论托尔斯泰和陀思妥耶夫斯基，风格这个概念适用于讨论沈从文、美国的威廉·萨罗扬、英国的 E.M. 福斯特等。

吕：您的新译作《水面波纹》是翻译的美国诗人盖瑞·施耐德的作品。这位具有中国诗风的“垮掉一代”的代表诗人，并没有另外一位金斯堡为国人所熟知。张曙光在《施耐德和他的中国诗风》里曾谈到施耐德在写诗时尽量使用最简单的、像汉字一样的单音节的英语词，使诗行呈现出一种坚韧紧凑的表面结构；同时，他也模仿在读中国诗时能感觉到的那种强烈的节拍。然而国内人士却严厉批评具有外国语境写作的诗人，甚至您自己也受到过这种批评。请问西川先生怎么看待这种吸收和随之而来的批评？

西：我个人的写作前后变化很大。1992年以前我努力学习外国诗人，努力使自己“现代”起来，之后我开始尝试写点我自己的东西。当我这样做，我自然开始重新掂量，认识我们的文化遗产。对我来说，古诗只是我面对的一部分东西，我同时也面对中国古代的笔记文、诸子散文和历史著作。我读的古书不比那些坚守民族文化立场的人少，但我和他们在对古书的理解方面可能存在着不同。有些人一直好心想把我留在20世纪80年代，认为我那时写的东西是真正的诗歌，但我自己没法那么干，所以我让不少朋友失望了。对不起，我也没办法。而另一些人批评我的写作是“翻译体”“与西方接轨”——这大概说的是我20世纪80年代的作品吧。可能也有人认为我现在写的东西依然不是中国的——那就随他们去吧。在徐悲鸿将写实绘画带来中国以后，再经过革命的现实主义与革命的浪漫主义这么一结合，咱们许多人早已把焦点透视理所当然地当成了中国的东西，而将他们忘记了的、看不懂的散点透视当成了西方现代派的东西。——对于这样的“洞见”我只好说“服了！”我受到的批评远不止这些。有一次一位出版社编辑来我家，转来了别人对我的三条批评：一，靠海子出名；二，不就是懂点外语嘛；三，东西越写越差！——真好玩。第一条已经是老生常谈了；见拦不住我，于是有了第二条；还不解气，就有了第三条。谢谢他们在我身上费这么多心思。关于第三条，我承认我有写得不顺手的时候，但同时我也知道，我的写作与他们的写作渐行渐远。到目前为止，我还没有开始说什么人的坏话。我对事物，对我们时代的诗歌当然不是没有判断的，问题是值不值得说。

回到施耐德。——也不是回到施耐德，是回到你说的结构、节拍。首先，西方、俄罗斯、拉美许多诗人对语言的音乐性都相当在乎（没有我们某些人说的“听不见的音乐”或“视觉音乐”这么复杂、这么玄妙，人家是拼音文字）。不少俄罗斯诗人如果不押韵，简直就不会写诗。几乎所有英语诗人都在乎音乐性，不过有些人在乎的是如呼吸一般的音乐性，有些人在乎的是机械音节如我们古诗中的格律，有些人对口头文学中的音乐性更上心，有些人自觉接近爵士乐或说唱摇滚等。英语有两个来源：一个是盎格鲁－撒克逊语，一个是诺曼法语。这两者中，前者词汇音节简洁，后者词汇多为多音节。所以在英语中，凡遇多音节词，便有可能来自诺曼法语，而这样的词汇，一般是文绉绉的大词。在20世纪的英语作家中，海明威使用短句子，同时词汇上有回返盎格鲁英语的倾向。施耐德模仿中文音节，也就是用单音节词汇模仿中文的单音节效果，看来比海明威更激进。

施耐德翻译过《寒山诗》。如果你能读英文，你就会发现，他不仅使用单音节词汇，他还用单音节词汇模仿中国古诗的五言效果。但施耐德不是唯一这样使用英文的人。施耐德的朋友，翻译过《道德经》《千家诗》《寒山诗》《韦应物诗选》的美国翻译家瑞德·派恩（Red Pine, 自号“赤松”）也是这样使用英文。赤松是一个高人、“疯子”、“流浪汉”。他的本名为比尔·波特（Bill Porter），中国出版过他的《禅的行囊》《空谷幽兰》等书。赤松的英译中国诗在美国翻译界独树一帜。他完全是用英文模仿中文，并因此对英文有所发明。赤松和施耐德都是受益于美国太平洋文化的人物。

但以一种语言模仿另一种语言同时对本语言有所发明的事不是美国人的首创。在历史上的各语种《圣经》的翻译方面已经有这样的先例，而且《圣经》各地方语言的翻译对该语言都产生过影响，相对晚近的汉译和合本《圣经》也是如此，英国的詹姆斯王钦定本《圣经》也是如此，马丁·路德的德译《圣经》也是如此。德国人在翻译古希腊著作时尤其表现出他们的谨慎和高尚。我听说，为了翻译古希腊文献，他们专门发明了一种接近古希腊语的德语。我们从德国人的这样一种对待语言和翻译的态度，可以体会出文化的力量。但当我们扪心自问我们是否也能展现这样的文化力量时，我们会脸红的。我们的民族主义不应该只是保证我们成为一些目光短浅的人。

吕：布鲁姆在《如何读，为什么读》这本文学批评书里面宣称短篇小说都不是象征性的，而大多数读者认为博尔赫斯的小说是象征性的。为什么博尔赫斯作为读者眼中的象征性的小说家和作为大批评家布鲁姆眼中的非象征小说家是截然相反的呢？

西：我没看过布鲁姆的这本书，不知道他谈博尔赫斯的上下文是什么。博尔赫斯、部分的卡尔维诺、卡夫卡、霍桑，都不是一般意义上的小说家。可以说，他们的小说都有某种寓言性质。好吧，我更愿意说博尔赫斯是寓言性的。

吕：博尔赫斯是一位大诗人，也有很多读者认为您也是一位大诗人。大诗人的作品常常比小诗人的更耐读，但是小诗人却比大诗人更优秀。因此，在我的诗友中出现了敌对的两派：一部分人只学习小诗人，一部分人学习大诗人。请西川先生谈谈作为大诗人的伟大性和作为小诗人的优越性。

西：嘿嘿，“小诗人比大诗人更优秀”。记得我曾经跟你引用过的一句话“优秀是伟大的敌人”吗？在《无关紧要之歌》这首诗中我写道：“它决定做一只优秀的苍蝇无关紧要。”在《万寿》中我还曾写道：“大狗叫，小狗也叫，/但小狗叫破了天依然是小狗。”——我当然是能够区分大诗人、小诗人的，但我没有自诩“大诗人”的意思。泰戈尔说：“应该像大海一样谦逊。”所谓“大诗人”“小诗人”是比较的结果。如果做比较，势必涉及谁与谁比。拿王维和李白比，王维就是二流的（这是钱锺书的说法：在二流诗人中王维居首位）。此外，大诗人、小诗人，不是依他们的社会世俗名声来划定的。在我看来，所谓的“大诗人”，必是富于创造力的人，仅有良好的审美趣味不能保证一个人能够跻身“大诗人”的行列。但我看大诗人、小诗人没有那么多帮派色彩，没有那么多身份地位的考虑。依然是博尔赫斯说过的话：“在所有二流诗人身上都有闪光之处。”二流诗人或“小诗人”的优点是：好句子好句子好句子，好标点好标点好标点，抒情抒情抒情，闪光闪光闪光。——你让他们不闪光，那比登天还难！

如果你的问题涉及阅读，那我要说：“可以少读些大师的作品。”我们学校有一位教师总是告诫他的学生：“不必热心于大师，但要了解大师的准备工作。”我在《重新注册》这本译诗选的“说明”中说过：大师的作品我们已经读得太多了。

吕：您的另外一本新译作《重新注册》大多收录的是国内还不熟知的青年诗人，也有很多小语种诗人，比如比利时诗人雨果·克劳斯。您通过英语转译成汉语，而诗歌被认为是不可翻译的。这增加了翻译的难度，想必也增加了翻译的乐趣。请您谈谈翻译这本书时遇到的困难和出书后所收获的喜悦。

西：又回到了我们前年在深圳谈到的话题。如果诗歌完全不可翻译，你不会问到我米沃什、博尔赫斯、盖瑞·施耐德。我认为诗歌既是不可翻译的又是可翻译的。千万不要迷信什么“不可翻译”的危言耸听。我忘了这是谁说的了——不是艾略特就是佛罗斯特。艾略特翻译过圣－琼·佩斯，弗罗斯特好像没翻译过什么人。而艾略特的老朋友也是帮助弗罗斯特出版第一本诗集的庞德，则翻译过很多东西——从意大利的卡瓦尔坎蒂提到中国的《诗经》。人类文明之所以有今天，离不开不同语言之间的翻译。而关于具体翻译的难度与乐趣，语言和语言的重叠部分，语言和语言之间不得不发生的变异，以及为语言变异所带动的概念变异对于另一种文化的影响等，又是一个如山的问题。你为什么不自己动手翻译一首诗来体验一下呢？如果你外语水平有限，与人合作翻译一下也行。当年林纾翻译了那么多东西，而他本人根本不懂外语，是有人帮助他。他曾用《尚书》的语汇翻译小仲马的《茶花女》，好玩得很。

1988 年西川与老木等创办的小诗刊《倾向》第一期

答王子云、赵小丹问：令人惊讶的现实和它的假象

采访者：四川美术学院学生王子云、赵小丹
采访时间：2014 年 11 月 27 日下午
采访地点：重庆四川美术学院

20 世纪 80 年代和 1992 年

王子云（以下简称王）：我本人对西川老师您最初的了解是通过您所编的《海子诗全集》，现在 20 世纪 80 年代经常被提及，您作为当时的亲历者，经历了怎样的成长和思考？

西川（以下简称西）：我是一个朝前走的人，朝前走不动的人才会怀旧。那群人在当时并没有那么辉煌。如果你在当时是一个诗人，要么在自己学校朗诵一下，要么跑到别的学校朗诵一下，要么是办一本当时被称为“地下刊物”的小刊物。其实那时候这类小刊物的印刷数量并不多，一般 300~500 本，再多也超不过 1000 本，然后便是分寄给不同地方的

朋友。当时的诗歌写作是一场全国性的诗歌运动，哪里都有写诗的，但这并不意味着每一个诗人都大名鼎鼎，那些大名鼎鼎的是指朦胧诗派，比如北岛、顾城以及舒婷他们这些人。也许现在隔了一段时间，人们会觉得那个时代已经成为传奇，但若是从亲历者的角度来看，我们并没有觉得那就是传奇，也就是几个人凑到一块儿，说我们一块儿弄个杂志吧，然后就开始弄。那时候我和海子认识，两个人聚在一起就说：要不我俩印个东西吧。后来就开始印。当时海子与誊印社比较熟悉，于是我们就把自己写的东西凑了一下，编了本诗集，取名《麦地之瓮》。当时海子自己也印了不少东西，也都是油印。我们那时候就是自己写东西，然后油印，印完了也没人买，最后就是寄给别人。那时候我在北大英文系，当时不仅仅是英文系，而是整个西语系——英文系是从西语系里分出来的——办了一本叫作《缪斯》的杂志。印出来后我们拿到食堂门口，一块钱一本，但是没人买。然后我们还跑到人大那边去卖，也没人买，但是偶尔会有人跑过来问：你们也写诗？然后就认识了一帮人大写诗的学生。再后来就是各个地方串来串去，在各种地方搞朗诵会。当时的诗人，简直就像地下工作者，你心里知道在别的地方也有人写诗、办杂志，因为当时都是互相寄来寄去的。于是你的脑子里就会有一个联络图，如果你是一个写诗的人，你到了另一座城市，如果你知道这座城市里有诗人，那么这就意味着你可以在这里白吃白喝。那是一个特别不靠谱的年代。我曾认识的诗人中有人从福建一路蹭火车跑到新疆一分钱没花。我也遇到过从上海出发一路走到西藏然后又到了北京的诗人，他们一路走一路偷书，我在北京琉璃厂的一家书店里目睹过。还有一个诗人因为没钱，到书店偷书被人家逮着了，书店要他把身上所有的钱拿出来交罚款——书没偷成还被罚了款。于是他就特别不开心和不甘心。他穿的是工作服——我那时候也穿工人的工作服——他直接走到书架边，抱了一摞书往外走，人们以为他是工作人员，于是他就大摇大摆地从书店走了出去。当时一些所谓的诗人，都是在圈子里自己闹腾，包括在大学里面办诗社。

那么为什么当时会有这样的诗歌运动呢？因为当时大家也干不了别的，也不赚钱，也不着急干别的事情。现在每个同学都要考虑偶尔挣点钱，现在的花销那么高，要考虑考研、工作等，那时候没有人会考虑这些。

王：所以说对于20世纪80年代的经历者，您的体验是日常的，并没有后人谈及的传奇色彩。生活在任何一个年代的人都会怀想过去与憧憬未来，这也成为当下存在的确认和依托。

西：所有喜欢回忆过去的人都没有现在。那么对于一个艺术家而言，你拥有现在就说明你现在拥有最好的创造状态。现在的好多人都在美化20世纪80年代，认为那是一个非常理想的年代，但20世纪80年代的人也是一天一天过日子的。我当时在北大，校团委书记找我谈话，说我是一个危险分子，因为我的脑子太过自由化了。呵呵。无论是过去还是现在，日子都是一天一天过的。但是现在一谈起

80年代，人们都已经把它当作一个传奇了，这是有问题的。这就像你一谈到南非，脑子里立刻想到的是“曼德拉”“种族隔离制度”这些词。但是有一次我在美国的普林斯顿大学碰到一个南非女作家，她就说：“好像一提到南非就只有种族隔离和曼德拉，好像我们没有日常生活似的。”包括讨论“文革”也一样，一说起“文革”，就是迫害，难道“文革”的时候人们都不过日子吗？那么多孩子是怎么生出来的？我认为这就是历史叙事本身的问题，包括查建英做的《八十年代访谈录》也有问题。她这个人本来就活跃，后来去了美国，我也见过她，还有钟阿城、陈丹青他们，我感觉他们所讨论的80年代是一个不过日子的年代。

如果要谈论20世纪80年代，为什么不谈论70年代？实际上谈论80年代就是因为“文革”，就是因为“十年动乱”“十年浩劫”。这是十一届三中全会的说法。我以前在纽约大学的时候有一个女同事，她的名字叫瑞贝卡·卡尔（Rebecca Karl），她写过一本关于毛泽东的书，她说真正的“文化大革命”

是从1966年到1969年。因为到了1970年就已经有了另外一种说法叫作“抓革命，促生产”。那么这其实就已经是对之前的打砸抢进行修正了，因为已经开始强调生产了。所以实际上从1970年到现在，是属于革命之后的大的历史退潮期。那么从1919年到1970年，是属于历史的涨潮期，从1970年以后就是一个历史退潮期。我要是谈论“文革”的话，一定会把它放在这个大的历史退潮期里去谈。如果只是说“十年浩劫”，然后就是启蒙的80年代，我认为这就是把问题简单化了。所以有时候我们用多长的时间段来看待一段历史，就特别能看出你是拿一种怎样的眼光去看待当中的问题。这跟羡慕那个年代完全不是一回事儿。羡慕是一种情绪化的东西，它不是历史。比如说前一段时间我在学校给学生讲汉代的历史，讲司马迁，如果你相信司马迁以及他所撰写的《史记》，那么我们都知道他遭受过宫刑，但是我们不知道他那时候能够挣多少钱。他在做太史令的时候，他的俸禄是二百石，但是受过宫刑之后是六百石。所以你就会有一个感觉，原来在经历过这样的事情之后，他变成了一个有钱人，日子更好过了。当然，对于一个男人来讲，深深的耻辱和愤恨也烙印下来了。拉开一点距离来看问题，历史经常是以一套历史话语存在的。有一种说法：凡是过去有钱的人就期望回到过去；凡是现在有钱的人，都是肯定现在的；凡是过去没钱、现在也没钱的人，都是盼望未来的。所以现在外面出的那些书，你从书的内容当中就可以看出作者是什么出身。就是你一张嘴，我就知道你们家过去是不是地主，就这么简单。或者你们家过去是不是留洋的，凡是家里过去有人过过好日子的、留洋的，一张口就是民国范儿。

王：您最早也是作为诗人的身份被大家所熟知，后来成为美术学院的老师。在这期间，您的写作和思考经历了哪些变化，这些变化又是由哪些原因造成的？

西：我在1992年以前和1992年以后所写的东西很不一样。1992年以前，我认为自己是在一个学徒期，就是说，你写得要像过去的榜样。但是到1992年后我就没有这样的想法了，写好写赖都是我自己的。原来是想写好，如果你想成为一个好的诗人或者好的艺术家，你就一定要向别人学习。那就意味着，在你的脑子里有很多大师、很多榜样，以及各种各样的语言方式、表达方式。1989年到1992年对我如同一个人生的坎，1989年海子、骆一禾去世，给我的影响特别大。进入20世纪90年代以后，你忽然发现自己真的是换了一个生存空间。过去的那些朋友都没了，老木也跑了。当然这个时候你会有新的朋友，但是实际上已经换了一茬人，然后也不知道自己该干些什么了。你会发现你过去的那些写法基本上都已经废掉了。也就是说，历史是会淘汰人的，而且这种淘汰非常厉害，甚至残酷。不知道你们现在是否有过这样的感受？历史会用各种各样的方式来淘汰你。在这样的背景下，你的写作能不能坚持下来，这里面包含了各种各样复杂的因素：你个人的能力、时代生活的可能性等，其中也包含了一些偶然性的因素，这不完全是由个人选择的。

我们学校的一些孩子对于没有赶上我们那个年代而抱憾，我说："你们不用赶上，现在这个时代，你们能够赶上就已经很好了。"但是这个时代照样会淘汰人：你可能做了很多事情到最后都没有意义。对于我们来说，是赶上了那样一个时代，然而从80年代到90年代这个跨越的过程，你是要经历脱胎换骨般的改变的：从原来你熟悉的自己变成了一个你不认识的自己。在这个过程中，有些人就直接崩溃掉了，有的人也就挺过来了，我想我就是属于挺过来的那批人。但是这种挺过来并不是一个道德上的东西，也不是其他层面的东西，这种挺过来指的就是你活过来了。

令人惊讶的现实和它的假象

王：爱尔兰诗人谢默斯·希尼所提倡的诗歌的纠正，曾经影响到20世纪80年代诗歌的创作，您认为当下诗歌的处境是什么？它是否还具有纠正的力量？如果有，那么关于诗歌的纠正是在哪些角度得以展开的？

西：关于纠正这个问题其实很复杂，你引用的是希尼的诗，我同样可以引用布罗茨基的诗。布罗茨基说："拯救世界已为时太晚，拯救我们自己还来得及。"当然可能不同的人会有不同的看法。关于纠正这个问题：首先诗人的工作和语言有关系，那么语言又与人的思维方式是密不可分的，思维方式又和时代紧密相关，这些是谁都逃避不了的。比如刚才我吃完午饭，就在你们这四川美院的校园和校园外面的熙街上溜达。熙街像个小镇，给了我很多刺激，包括你们那个美术馆，视觉上太刺眼了。那个小镇其实有点儿像耶鲁大学的一个地方，和这里一样，一个小广场，周边是很多小商店。但耶鲁大学的环境远没有这里这么"邪乎"，这里的环境太荒诞、太夸张了！这种荒诞和夸张还特别逗！它逗在哪儿呢？所有小商店和饭馆的名字基本上是欧式店名和中国最土的店名混在一起，而且竟然还有来自佛教的名字：我忽然抬起头看见楼上面写着"阿修罗咖啡馆”！还有欧式的喷泉，旁边有一个外国人的雕塑，边上有一辆铸铜的19世纪的欧式马车。它构成了这样一个景观，而这种景观你在世界上哪里都找不到，但同时它又把来自世界的不同元素都拿来用：它把资本主义世界的东西拿来用，第一世界、第二世界的都拿来用。它有点儿像美国小镇，又有点儿像印度小镇，但同时它又处于社会主义的环境之下。包括在你们这个校园，有古罗马废墟、凯尔特人的废墟、巴蜀废墟，而这些废墟居然是新建的！所以我总结出：这是由古罗马、凯尔特人搭建出来的一个社会主义的印度小镇。这可真是一个魔幻的地方！那么这样一种景观是由什么造成的？我想这和我们对革命的记忆有关系，和改革开放有关系，跟我们现在旅游热兴起之后对世界的想象有关系。世界想象中国，咱们也想象世界。但是所有你做的这些东西又是通过现代汉语进行的，同时你的现代汉语也造就了你的思维方式。我记得丁字路口那边还有一个啤酒广场，当中有一个大排档的名字叫作“小D丝大排档”！那么这和现代汉语以及现在的生存环境是有关系的，和革命、后革命，和西方思想的介入以及我们对于西方世界的想象，还有你所说的语言是有关系的。我们的思维存活于这样一个状态之下，如果你要是想写一点东西或者画点儿画，你也可以搞得很小资，但是这对于作家来讲，显然是不够的，完全不能够和这个世界相对称。刚才我在那儿溜达的时候，有一个北京画家给我打来一个电话。他说你在哪儿呢，我说我正在川美这边溜达。——你们刚才说这个地方出蛇、出野猫，但我在电话里对我的朋友说这地方一定出妖孽！因为太魔幻了，太超现实了！也许你们在这里待久了，就会觉得这是现实，但是这种现实你在全世界哪里都找不到：它不是社会主义的，不是资本主义的，也不是封建主义的、殖民主义的，它是所有这些东西的一个大杂烩。还有那个美术馆的建筑风格……尤其是外墙装饰的色彩，你可以从北方过去那种大花被子面上找到，你可以从宝顶石窟的色彩风格中找到，但你也可以说这是一种拉丁美洲的色彩感。我曾在巴西参加过一次世界知识分子大会，会后我坐飞机从圣保罗去里约热内卢，我和一位巴西诗人同行。他同时也是巴西数学协会的前任主席，一个数学家，他叫库布儒斯利。你们的这个美术馆让我想起了拉丁美洲的魔幻现实主义。那次在飞机上我问库布儒斯利，为什么魔幻现实主义会在拉丁美洲产生？他给我说了两个特别简单的理由：第一是阳光灿烂。因为阳光灿烂，大家就有了那样一种色彩感；阳光灿烂也使得植物疯狂地生长，人们穿得也很少，街上到处都是舞蹈的人。这还包括了自然环境，比如树上结很大的果子……这些都会给你魔幻的感觉。第二是拉丁美洲苦难深重，所以这片土地就产生了魔幻现实主义。如果从这一点出发，我们来考虑中国的情况：中国是不是阳光灿烂难说，但中国确实有很多苦难，也就是说，魔幻现实主义那一套东西拿到中国来一定会产生变种。中国有一些作家写魔幻现实主义的文学，但是你知道外国人叫咱们的“魔幻现实主义”（Magical Realism）什么吗？魔幻现实主义到中国就变成了“Disgusting Magical Realism”（恶心人的魔幻现实主义）。当我们在讨论后现代的时候，后现代理论中有一部分是关于大众文化的，而后现代在西方是很精英化的，以至于遭到很多人的反感。但是在中国，老百姓不关心什么后现代不后现代的问题，有一点文化的，知道一点儿后现代文化的人，很容易把西方后现代大众文化中国化为痞子文化。在你们学校逸夫图书馆前面有一个拱桥式的建筑，上面还站了一些各种颜色的裸体雕塑。太魔幻了！这地方给了我太多的刺激，这种刺激在很多地方都碰不到。比如说你在欧洲，欧洲有很多地方几百年都不会有人去改造它。当然印度也给了我很多刺激，但是这种刺激是一个整体的刺激。比如说你走在旧德里的时候，到处都是破破烂烂的，我只能用一个词来形容这种破破烂烂——蔚为壮观！但是你们这里有各种老的、新的东西，老东西居然是人工打造出来的，并非原来如此，而且这种老还不是中国的老，而是来自罗马、凯尔特人的那种废墟的老。原来我不相信影子是可以做出来的，但是现在我相信了。我和我们美院的几位老师讨论过废墟的问题，中国古人讲废墟一定是与江山社稷有关系，他跟欧洲的那种 ruins 还不一样。在中国，这种凭栏远眺一定与“国破山河在”相关，但是你们的这种废墟又与“国破山河在”没有任何关系，也就是说，这种废墟感与传统的废墟感不是一回事儿。废墟必然包括很多影子，以前我认为影子是自发的，属于废墟的时间一定是黄昏和夜晚，但是，来到川美之后，我发现我之前的观念一下子被推翻了，而且是颠覆性的。影子竟然是可以造出来的，就像那种老油画上面的裂缝，我以前认为新油画可以仿老油画，但是仿得再好，画面裂缝是很难仿的，然而现在我有些动摇了，中国人真的是什么都可以造出来。我认为伪造这种裂缝或者伪造影子，实际上就是在伪造时间——我原本认为什么都可以伪造，唯独时间不可伪造，但是现在我需要好好想一想关于时间是否可以被伪造这一问题了。这里面所涉及的不仅仅是历史问题，而且还包括哲学问题、文化问题，这真的是太有意思了。

个人与传统，个人与国别

王：就文学和诗歌而言，每个国家都有其自身的特性，中国亦然。那么我们是否能够用一种向传统致敬的方式，以达到国际化的呈现这一目的呢？我们如何理解个人与传统、个人与国别的关系？

西：个人与传统，我首先要强调的还是我之前谈到的，我们现在用的是现代汉语。我也碰到过这样的学生、老师或者老人写古体诗，比如说有的时候我出去做讲座，他们会站起来，站在古诗的立场上指责现代诗，于是我就开玩笑说：请你用古文把你刚才的话重新复述一遍。——这就是说，古诗和古文是联系在一起的，他们之间有个上下文的关系，但是现在我们已经进入现代汉语的语境，你不能够再像古人那样谈论古体诗了，因为你不再使用古汉语。古汉语的特点是它的基本语义单位是字，而现代汉语的基本语义单位基本上已经变成词，词是双音节的，所以语言的节奏感较之古代已经非常不一样了；也正是由于节奏的变化，你对这个世界的感受实际上也会发生变化。那么就我个人而言，我对传统是非常热爱的，但若是只深爱传统，你是无法真正进入传统的。我认为一个人要想真正谈论传统，他必须成为你所谈论的那个时代的同时代人，并首先成为你所谈论的那个时代的作家的同时代人。比如说去年，中央电视台在端午之前播过一个关于屈原的片子，里面有一段对我的采访——当然还有对其他人的访谈——当时我和那个编导讲，如果你想要讨论屈原，首先你需要回到战国本身：屈原的朋友是谁？屈原喜欢什么不喜欢什么？当时的合纵连横是个怎样的形势？他在文化、道德上与中原有着怎样的联系？首先你需要把历史背景铺开来谈，否则你所面对的那个时代对你而言就是封闭的，你是无法进入屈原的。所以我认为如果你若是想谈论传统，需要的东西非常多，包括你对那个时代的历史感的问题、对它的猜测以及想象。那么就我而言，你要是想理解屈原，就必须首先理解屈原与那个时代的关系，一个人是无法凭空被理解的，你只能通过理解你跟这个时代的关系来猜测屈原跟他那个时代的关系，我特别强调这种关系。前一阵子还有一个访谈，我谈到徐悲鸿，我认为只谈徐悲鸿的写实绘画是没有意义的，徐悲鸿的写实绘画与五四运动的“赛先生”是联系在一起的，因为写实绘画是与科学联系在一起的。否则为什么欧洲都开始玩先锋派了，徐悲鸿还在玩那些古典的东西？这是因为他的工作符合当时中国追求科学这一进程。所以关于徐悲鸿，我们讨论了太多徐悲鸿与写实绘画之间的关系，而不讨论徐悲鸿与那个时代之间的关系。我们每个人都与我们这个时代息息相关，当你理解了你和这个时代的关系，你就可以去推测别的时代的人与他们所处的时代的关系。从这一层面出发，我想你才能大概知道传统是怎么一回事儿。不论是古代还是外国，于当代的我们而言，都是远方。任何事物一旦成为远方，它与我们便失去了利害关系，没有利害关系的时候，面对很多事情你就不会纠结，你就能够采取一个稍微客观一点的视角，但是对于当代，由于你和它实际上是有利害关系的，所以你很难以一种客观的态度去对待。由此，你就可以推测别的时代的人与时代的关系，这是一件没有办法的事情。其实我也读了很多古书，《中华读书报》曾经采访过我一次，记者问我这是不是我对于过去的一种回归，我说这并不是对于传统的回归，而是活到了这个岁数，我一直在反省自己的生活，反省我自己的生活与这个时代的关系，那么我就能够推己及人，想到过去，想到古人的处境。

关于个人与国别，我深有体会。过去我们脑子里的那张地图实际上只有中西或者中欧，对于中国人来讲是中西方，对于土耳其人来讲是土西方，对于印度人而言是印西方。我们脑子里基本上没有中印、中土、土印的概念。这是近代资本主义发展的一个结果，欧洲或者西方成为我们这样的国家里每个人都不得不张望的一个方向。我曾在北京碰到过叙利亚诗人阿多尼斯，他长期住在巴黎。我跟阿多尼斯讲："您是叙利亚人，我是中国人，我们现在在北京见面，但好像我们是绕道巴黎才得以见面。"他也认为这是一件比较尴尬的事情。但这个世界就是这个样。这就涉及国别的问题：除了西方，还有没有世界？但我们说到西方时，实际上说的只是西欧——当然北美、日本也是地缘政治和世界经济领域所谓的“西方”——而东欧，尽管也是欧洲，但却不包括在内。我自己翻译过《米沃什词典》。米沃什在他这本书中指出：西欧人对于世界的想象是有边界的，比如说他们对世界的想象不超过易北河，易北河的那边就是野蛮人的世界了，在西欧人看来，文明人的世界是易北河的这边。也就是说，连波兰人都属于野蛮人的世界。我前一阵子去了趟塞尔维亚，我感到，西方人在 1999 年针对塞尔维亚，从西方这个角度看，更像是西方人针对野蛮人。而塞尔维亚人当然是欧洲人。

这几年我对亚洲问题特别感兴趣，尤其是我对印度非常感兴趣。还有一个，你去国外旅游是一回事儿，但是对我这个年龄的人来说，旅游并不重要，重要的是你能到某个地方见到谁，你会跟谁交谈。我听到过一些很时髦的年轻人经常说：“我每年都会去日本看一次樱花。”我只想说：“去你的！”

如果说我要去日本，我一定要知道我到那里要和谁见面，和谁谈话。如果你去日本，比如说你碰到高桥睦郎（日本一个很有名的诗人，曾经是三岛由纪夫的男伴），他就会跟你讲，日语是没有中心的。他为什么这么说呢？因为本身日语属于阿尔泰语系，它受到过中国古汉语的影响，也受到过马来语的影响，还有英语的影响。所以他说日语本身是没有中心的，日本人学什么都学得非常快。也因此，在福泽谕吉号召日本人“脱亚入欧”的时候，他们心里是没有障碍的。那么中国人就不行了，中国人的汉语历史太长了，中原文化、江南文化塑造了中国文化几千年，它的历史逻辑感太强烈了，所以很难像日本一样，在面对未来的时候能够有那样一个态度，毕竟两国的语言太不一样了。我认识一帮印度的作家、诗人、思想家，那么印度人也会给你上课。当然有的时候我也能找到他们思维当中非常可笑的成分。去年我在印度的时候，听一个印度老头讲印度英语诗歌——他有 70 多岁了，他用英文写诗。我当时问他，你们都读哪些作家的书，他一下子从古希腊、古罗马，也包括古印度，一路数下来，如数家珍，好像全世界的东西他们都读完了。我当时的反应是，这是典型的第三世界阅读，结果我这样一说，现场的人都哈哈大笑。如果你去问一个欧洲的作家，他是不会和你说这些的，比如我读卡夫卡、我读福克纳、我读伍尔芙。我知道他们，部分原因是我是一个中国人，中国有好多这样的，好像全世界的什么书我都读过，但这恰恰证明你是来自第三世界。在这样的细节里，你真的会发现文化和文化，包括中西方，是不同的，是很不一样的。

王：正如您刚才所说的，那么我们去某种地方看某种东西，作为观看上的他者，真正该看什么呢？

西：这是没有标准的。你第一次到一个地方，一定会以一个旅游者的身份观看。当然旅游是和旅游文化联系在一起的。现在旅游文化已经成为世界文化当中非常重要的一部分。比如说，为什么要保存老建筑？原来住在老建筑里的人不一定想住在这里面，他们说不定还想搬出去，搬到新建筑里面去。保存老建筑一是保存一个地方文化的底蕴，但其实还有一点是为了旅游者。过去一座寺庙只是给当地的信仰者建造的，而现在翻盖一座寺庙在较大程度上是为了开发旅游，让更多的人来这里消费。旅游经济已经成为当今世界经济体系中比较重要的一个环节。但是很遗憾，我们很多人一般第一次去某个地方时，就是个旅游者——英语叫 tourist——但问题是，如果你是一个受过教育的人，或者说是一个有点儿修养的人，那么你就能够在旅游的过程中发现一些东西。如果你有一定的思想与方法论的准备，那么你是能够发现一些东西的，你就能够从一些看似微小的东西里发现一些问题。

我最近就建议我的研究生们读罗兰·巴特的《符号帝国》。在这本书里面，罗兰·巴特写到他在日本的经历。在某种程度上，这本书写的是东亚或者东方。我们从中可以学到一些东西，并以此来观察中国。他也写过中国，是一本日记，不是正儿八经的书。在《符号帝国》中他写到日本人使用筷子而西方人使用刀叉，那么使筷子和使刀叉在文化上有什么不同呢？罗兰·巴特从中探究出使筷子是寻找食物的天然纹理，使刀子是在食物没有缝隙的地方生生切入——这就是东西方文化的不同。如果是罗兰·巴特这样的人去旅游，他一定能够发现一些东西。当然一般人去日本就是看看樱花什么的。但对于那些有创造力的人来讲，出门就意味着你随时准备好去发现一个世界，这应该是一个基本状态。我自己去过一些地方，渐渐地对一般旅游景点、名胜古迹就没有太大的兴趣了，我就喜欢在街上瞎溜达，看街上人穿什么衣服，有什么表情，说话的声音如何，看海报怎么贴，门帘怎么布置。另外一个就是看建筑本身：从建筑的模样能够看出这座城市里文化精英的状态，以及这座城市的文化水平，因为老百姓不负责盖房子，盖房子的是那些精英。他们能够弄到资金，获得授权，他们自己也有一些艺术修养，由他们来负责设计房屋。他们盖什么样子的房子特别能显示出他们的文化水平和文化视野。刚才在你们学校转的时候，我想起印度的新德里。新德里有一片让我觉得特别奇特的地方，也是废墟，也是红砂岩，和这里特别像。但是有一个印度诗人告诉我一般旅游者都不会去那里，那里全是 Gins。Gins 是什么东西？就是中国古代的精灵。不论是印度教徒还是伊斯兰教徒，都到那儿去。那里的拱门跟你们这里的拱门特别像。只不过里面还有一堵墙，在里面点着许多小蜡烛。那儿有精灵，你可以向精灵祈祷，墙上贴了许多那种许愿的小纸条，边上还有一些点缀的东西，看起来特别阴森。如果是女孩到那儿去，有一种说法就是那些 Gins 有可能会爱上你——他就跟着你走了。那地方特奇怪，既有印度教的东西，又是一处伊斯兰教废墟，然后我爬到一个建筑的上面，上面居然立着一根阿育王石柱，是佛教遗物。那地方整个一个宗教大杂烩，但这就是印度文化，与你们学校的校园建筑特别相像！

赵小丹（以下简称赵）：您的作品《鹰的话语》是在印度写的吧？您是站在怎样的角度去写的？在《鹰的话语》当中，您提到一份人生地图，您认为您现在走到了哪个岔路口？

西：《鹰的话语》这篇东西是我1997年在印度的时候写的，印度是一个不让你按惯常方式思维的地方，所以这篇东西的写作和当时的环境有关系。还有，我对于现实的荒谬有很强烈的感受。很多人在谈论荒谬，但很少有人会想着从荒谬中获得语言，我们的语言大多是从别人、从古人那里得来的。这是我的一个想法。那么实际上，一个好的艺术家应该从你的存在获得语言，这时候你就摆脱了别人。比如说川美的同学，如果你能直接从外面的那个熙街获得语言，这就是你的本事。如果熙街只能成为你学生时代的一个记忆，我觉得这实际上是一种浪费。写《鹰的话语》时，我觉得当中的语言并不是别人提供给我的，是我从生活当中找来的语言。这篇东西写的时间比较早，内容好多已经忘了。但是我对地图尤其对错误的地图非常感兴趣，比如说你读欧洲的老地图，不仅仅是欧洲的老地图，从古希腊起就有一本地理学的著作，是由希波格拉底写的，它里面讲尼罗河的走向，我记得太清楚了：“尼罗河发源于古利比亚，流经孟菲斯，注入地中海。”——你感觉写得真美呀，但就地理而言，这种说法其实是错误的：尼罗河并不发源于古利比亚。但是尼罗河具体是什么样，由于希波格拉底的阐述，其实我们已经不关心了，因为这个陈述本身太漂亮了。这就涉及一个问题：任何时候都有一张桌子和关于这个桌子的叙事、川美以及对于川美的叙事、熙街以及对于熙街的叙事，就是这个叙事本身变成了一个很有趣的东西。

汉语，中国当代艺术，微观与宏观

王：我们的语言其实是在一个不断更新与扩张中变化着的，在这样一个情形之下，语言是否还应当保持它原有的特点，之于地方、区域或者个人叙述的独特性？

西：如果你是一个做翻译的人，你对这一问题的感受会更清晰。我们当下的现代汉语被“马恩全集”的翻译改变得特别大，我们对于马列的翻译较大程度上塑造了现代汉语。你说的这种渗透有几种不同的情况，一种是词汇本身的渗透，包括我们现在使用的一些词汇其实是翻译词，而这种翻译词给我们的生活带来了很多的麻烦，也就是说，翻译过来的词与它在原来语境里所是的那个词会稍微有些不同。中国近代以来的许多翻译词汇是从日本传过来的，当然，当代词汇中也有很多是我们自己翻译过来的。还有一种外来词是直接进入的，比如说 APEC，还包括一些口语，还有一些直接的译名，比如说华盛顿，直接就是音译的 Washington。但是还有翻译一半的译名，比如剑桥，Cambridge，就是一半意译、一半的音译。对语言影响更大的是对于句法的翻译，西方语言是逻辑语言，当中充满了从句。汉语本身没有太多的从句，那么这就涉及汉语有没有汉语性这个问题。我写过一篇文章，在《大河拐大弯》这本书中。所谓汉语性于我而言，有一种指标性的东西，就是汉语句子能够扩充到多长。如果你读 19 世纪英国狄更斯的小说，你会发现他的句子特别长，有可能一页就只有一句话，到现在西方也有这种作家，专门写长句子。我认识一个匈牙利作家叫拉兹洛·夸什纳霍凯（László Krasznahorkai），他写的长句子让苏珊·桑塔格特别着迷。这种长句子中文承受不了，中文本身不是拼音文字，那么这种方块字就决定了它的句子到不了那种长度。虽然我们现在的句子比以前长多了，但是它依然有一个限度。所以句子的长短对于一个人的思维肯定是有影响的。写或说长句子的人有长的逻辑思维，相较而言，使用短句子的人其逻辑思维能力可能就要弱一些，但他的抒情能力也许不差。虽然现在我们也有逻辑思维，但这种逻辑思维是被训练出来的，不是从自己的语言中天然生长出来的。所以在这一层面上讲，汉语一定会变，变得与古汉语在节奏、句子长度、词汇等方面都会有所不同，但是由于汉语使用的是方块字，所以它也无法变成欧洲语言。

赵：少数民族语言与外语，发音中有某些相似性，那么是否可以从这种相似性中找出一些历史线索性的东西？

西：发音的相似性并不能代表两个民族就有关系。这有时会涉及民族迁徙、贸易、战争、语言传播的问题。如果你是一个历史索引派，那么你就能够从语言的变迁找出民族迁徙的痕迹。但与此同时，我们脑子里还应当有一根弦：比如说土耳其语与咱们的维吾尔语差不多，都属于突厥语，那么新疆仍旧用的是阿拉伯字母，而土耳其在凯末尔革命之后就已经开始使用罗马字母来写土耳其语了。在你读和看土耳其语的时候，你会觉得这就是西方语言，但实际上他还是属于突厥语的。世界语言还是分语系、语族的。比如汉藏语系、印欧语系的拉丁语族，拉丁语族当中包括了西班牙语、法语、意大利语、罗马尼亚语、葡萄牙语，这些语言还是在拉丁语族中分出来的，他们互相在词汇上都是有相似性的。中国与日本虽然都用汉字，但日语是属于阿尔泰语系的，汉语属于汉藏语系，这里面还不太一样。比如说北欧的斯堪的纳维亚半岛上的瑞典语、挪威语、丹麦语加上弗拉芒语、英语以及德语，这些都属于印欧语系的日耳曼语族。

王：我注意到最近您也参与当代艺术的一些活动，但大多数时候您都是持一个冷静旁观者的态度，那么就您所了解的当代艺术的发展现状而言，您认为它存在哪些问题？

西：中国当代艺术中存在着各种各样的问题。我去年还是前年，在杭州中国美术学院跟那里的教师有过一个座谈，我说中国当代艺术中的大多数内容让我感觉厌倦——还不是疲倦——你会觉得当代艺术多看一件或者少看一件没什么区别。虽然表面上看起来很新鲜，但就创造力而言，实则处在一个停滞状态。你若真想往前走一步，实际上是非常困难的。基本上说，中国当代艺术的这一套观念都是从西方来的，进入中国之后变了一点儿形，或者加上了一些社会主义的因素，然后又重新回到西方的展览系统中。我和诗人欧阳江河聊天的时候曾开玩笑说，你看一个艺术家，从他的作品当中首先你能够看得出他的背后是否有资本支撑，如果是有资本支撑的，你还能够看出来他的资本支撑是民族的还是国际的。国际资本与民族资本，资金的来源就已经可以作用到艺术家的艺术风格了。现在的艺术家分属很多系统，比如说有美协系统的艺术家、走拍卖系统的艺术家、被画廊高端或低端经营的艺术家，等等。这些不同的轨道本身也非常有意思。作为一个与艺术圈子有些关系，但同时又不属于这些圈子的人，我选择保持自己的客观性。

王：此次论坛的主题是“文化史——从微观关照宏观”。就艺术史而言，现在的艺术史研究越来越倾向于对文化史的解读，在这一背景下，您是如何看待此次论坛的主题的？

西：首先给我这个主题的时候，我不知道要谈什么，当时我就已经晕了。我就问杨老师要来了他们三个人这次论坛具体要谈的内容，当中是有从微观关照宏观的，也有其实不那么微观的。这个主题是从老尹最近一个有关研究明代谢环的一幅雅集图的研究生发出来的，他在微观图景背后发现了明代官场构成的一个大秘密。如果是从另一个角度看，我们这个主题又呈现出学术界对过去那种宏大叙事的反感。仅从我自身而言，从微观进入，还是直接讨论宏观，都可以。当大家都在反对宏大叙事的时候，我正好旅行到新疆，我看着新疆那些大雪山，发出过感叹：这可都是宏大叙事！于是我一边坐着车，颠簸着，一边感慨安拉伟大——尽管我并不是个穆斯林。再比如，你走到新疆的卡拉库里湖边上的慕士塔格峰，慕士塔格峰的对面是公格尔九别峰，全部都是超过海拔七千多米的大雪山，这时候你说微观，其实是不合适的。所以无论是微观讨论还是宏观讨论，全在于你面临的是什么问题。当然还有另外一方面，我们会觉得从微观进入是比较脚踏实地的，是比较真实的。关于微观，如果你去日本的大学看看，他们所进行的全部研究都是微观的。如果你要做一篇博士论文，只需研究一个小问题就可以了。但是尹老师确定的这个主题后面还有一个关照宏观的方面，这可能就比较倾向于中国的这一套东西了。我觉得这就是一种研究的方式吧，比如说你要从微观关照宏观的话，我能够想到福柯与他的知识考古学。福柯对于问题的处理对我们而言是比较有启发性的，比如说他能够通过一个时代人们身上衣服扣子的疏密来探讨这个时代的道德风尚：扣子越少，证明这个时代的道德风尚就越开放；相反，扣子越多，证明这个时代的道德风尚是比较保守的。时代的变迁也可以通过钢笔帽来进行阐释：老式钢笔你需要拧开，后来逐渐地是一下子就可以拉开的钢笔，再到后来就有了那种“吧嗒”摁一下就可以写字的圆珠笔，那么通过这些东西你也能够看出来时代的变迁。从这个角度看，从微观进入宏观是一个很好的研究方式。

图书在版编目（CIP）数据

接招 / 西川著. -- 北京 : 西苑出版社, 2022.3
ISBN 978-7-5151-0813-1

Ⅰ. ①接… Ⅱ. ①西… Ⅲ. ①中国文学－当代文学－作品综合集 Ⅳ. ①I217.2

中国版本图书馆CIP数据核字(2021)第180916号

接招

JIEZHAO

项目策划	赵　晖
项目统筹	辛小雪
责任编辑	汪昊宇
装帧设计	黄　尧
责任印制	陈爱华
出版发行	西苑出版社 XIYUAN PUBLISHING HOUSE
地　址	北京市朝阳区和平街11区37号楼　邮政编码：100013
电　话	010-88636419
印　刷	三河市嘉科万达彩色印刷有限公司
开　本	880mm×1230mm　1/32
字　数	100千字
印　张	7.5
版　次	2022年3月第1版
印　次	2022年3月第1次印刷
书　号	ISBN 978-7-5151-0813-1
定　价	56.00元

密 涅 瓦 丛 书

第一辑

接招 / 西川

镜中记 / 华清

多次看见 / 敬文东

电影与世纪风景 / 张曙光